想 象 之 外 · 品 质 文 字

北京领读文化传媒有限责任公司　出品

万物 有灵

《诗经》里的草木鸟兽鱼虫

（日）细井徇——绘

北京时代华文书局

图书在版编目（CIP）数据

万物有灵：《诗经》里的草木鸟兽鱼虫/（日）细井徇绘 . —北京：北京时代华文书局 , 2017. 12

ISBN 978-7-5699-1912-7

Ⅰ．①万⋯ Ⅱ．①细⋯ Ⅲ．①《诗经》—诗歌欣赏 Ⅳ．① I207.222

中国版本图书馆 CIP 数据核字（2017）第 283078 号

万物有灵：《诗经》里的草木鸟兽鱼虫

WANWU YOULING : SHIJING LI DE CAOMU NIAOSHOU YUCHONG

绘　　者 |（日）细井徇

出 版 人 | 王训海
选题策划 | 领读文化
责任编辑 | 孟繁强
装帧设计 | 领读文化
责任印制 | 刘　银

出版发行 | 北京时代华文书局 http://www.bjsdsj.com.cn
　　　　　北京市东城区安定门外大街 136 号皇城国际大厦 A 座 8 楼
　　　　　邮编：100011　电话：010 - 64267955　64267677
印　　刷 | 北京金特印刷有限责任公司
　　　　　（如发现印装质量问题，请与印刷厂联系调换）
开　　本 | 880mm×1230mm　1/32　印　张 | 9　字　数 | 170 千字
版　　次 | 2018 年 1 月第 1 版　印　次 | 2018 年 1 月第 1 次印刷
书　　号 | ISBN 978-7-5699-1912-7
定　　价 | 68.00 元

目录

木部

美人如诗，草木如织

木部

美人如诗，草木如织

鸟部

鸟语花香待春来

鸟部

鸟语花香待春来

兽部

鸟 兽 且 有 情

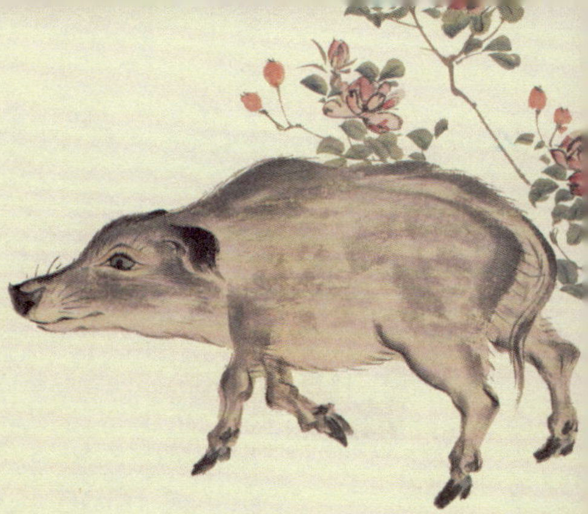

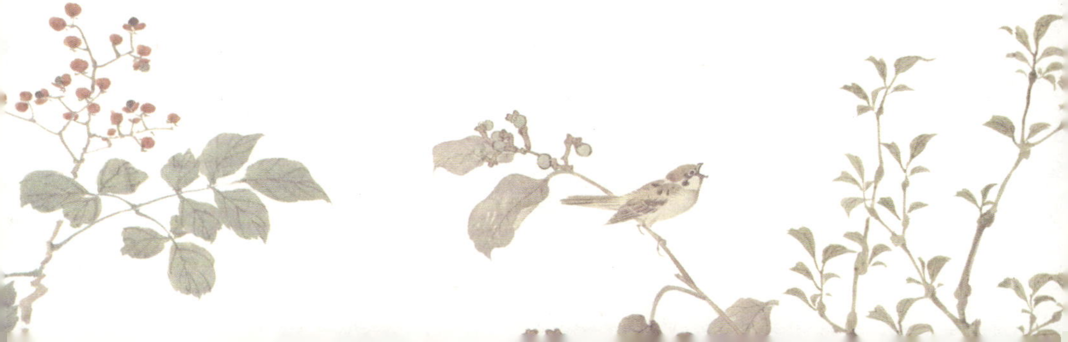

鱼部

潭清疑水浅，荷动知鱼散

虫部

万物更迭，周而复始

虫部

万物更迭，周而复始

序

文 / 傅国涌

1894 年旧历甲午年的状元张謇，曾为他在故乡南通建的博物苑题写了一副对联：

"设为庠序学校以教，多识鸟兽草木之名。"

这副对联给我留下了深刻的印象，尤其下联，这是从《论语》中来的句子，但因张謇的缘故，我便牢牢地记住了。《论语》中孔夫子提及《诗经》时说了一番话："《诗》可以兴，可以观，可以群，可以怨；迩之事父，远之事君；多识于鸟兽草木之名。"我喜欢《诗经》，喜欢其中所兴所观的鸟兽草木，我更偏爱的是草木，前些日子，我给小孩子上课，首先想到的就是《蒹葭》，时值白露——

"蒹葭苍苍，白露为霜，所谓伊人，在水一方。……"

这些诗句尤能引起我内心的共鸣。我将这节课就叫做"与芦苇对话"或"与蒹葭对话"。上课时我带了一本书，跟孩子们分享，这是一册《诗经》的鸟兽草木图解，有一个很美的书名——《美了千年，却被淡忘：诗经名物图解》，乃日本学者细井徇手绘，图和解都令人赏心悦目。二千五百多年前的《诗经》原本就美，每一种草木，每一种鸟兽小虫，都自成一个世界，自有其动人的美。

不久，我到北京讲学，遇到做出版的朋友，说起他手头正在做一本细井徇的书，和我读的是同一本，经过重新翻译、编排、设计装帧，要比原来的版本更为精美，希望我能为新版本写一小序。我南归之后，即收到了电子版，果然比我手头的版本要好多了。无论是翻译、编辑和排版，看起来都更合理，只要打开目录就很明了，分为草部、木部、鸟部、兽部、鱼部、虫部，书名为《万物有灵：＜诗经＞中的草木鸟兽鱼虫》。

万物有灵，从一个"灵"字着眼，《诗经》有灵，人类的心灵与心灵是相通的，我常说，如果你今天读了"关关雎鸠，在河之洲，窈窕淑女，君子好逑"，读了"昔我往矣，杨柳依依，今我来思，雨雪霏霏"，内心有共鸣，那就表明人类拥有一个共同的心灵，时间阻隔不了，空间也阻隔不了，二千五百多年前佚名诗人留下的诗句，明明白白地告诉我们心心相印。难怪美国 19 世纪的作家爱默生说，"对所有的个人来说，世间只有一个共同的心灵……历史是这个心灵的工作记录。世界万物的根源都在人里面。"

毫无疑问，诗歌也是这个心灵的工作记录，《诗经》留下的正是古人对这个心灵的记录。"彼黍离离，彼稷之苗。行迈靡靡，中心摇摇。知我者，谓我心忧，不知我者，谓我何求。悠悠苍天，此何人哉。"无论叫黍也好，稷也罢，天地生人，万物养人，故《易经》说"天地之大德曰生"。这些忧伤的诗句依然感动着千余年后的词人姜白石和他的老师。

1176 年的冬至日，时值南宋，江淮之间常遭蹂躏之际，姜白石过扬州，"夜雪初霁，荠麦弥望"，进城只见"四顾萧条，寒水自碧，暮色渐起，戍角悲吟"，昔日繁华鼎盛的扬州不见了。他感慨今昔，填了一曲自创的《扬州慢》。其师千岩老人读了，以为有"黍离"之悲。当我少年时读到《扬州慢》，心中也满了"黍离"之悲。

"彼黍离离，彼稷之苗"，万物何故，要承载如此之悲凉？万物又何幸，活在诗人的笔下，不仅悦人眼目，养人活命，而且有了生生不息的精神生命。万物有灵，当我少年时代，大陆风行琼瑶小说和电视连续剧，14 英寸黑白电视中，邓丽君演唱的《在水一方》，化自《蒹葭》的歌词，几十年来一直在我的心头徘徊。我之所以想到与不结果实的蒹葭对话，即起源于这首歌带给我的记忆。

《诗经》有灵，草木鸟兽虫鱼中有灵，我与万物的对话即是心灵与心灵的对话，这不是简单的知识拼图，更重要的是走进万物的心灵中去。一直以来，我们其实与万物在分享这个世界，万物带给我们的远比我们带给它们的多。四季轮回，时间消逝，王朝更替，战争和平，黍离之悲，君子好逑，一切皆有命运，冥冥之中，万物和人几乎都有自身的秩序，在宇宙的叹息中被安排在自己的位置上，只是我们终其一生也未必能想明白。

"喓喓草虫，趯趯阜螽。未见君子，忧心忡忡。""桃之夭夭，灼灼其华。……桃之夭夭，其叶蓁蓁。""桑之未落，其叶沃若。……桑之落矣，其黄而陨。"不仅蝈蝈儿和蚱蜢各有自己的命运，桃花、桑叶也各有其命运。即使桃花谢了，桑叶落了，它们的价值也不容置疑。我可以与桃花对话，与桑叶对话，与杨柳对话，也可以与黍稷对话，当然也可以与蚱蜢、与蟋蟀、与蝴蝶、与蜜蜂、与知了们对话……我的"寻找语文之美"课，几乎可以从《诗经》开始，就这样一路对话下去。

我依稀看见——在万物与人之间，有一条神秘的通道，一条心灵的通道。《万物有灵：＜诗经＞中的草木鸟兽鱼虫》，其中的每一幅插图、每一首诗都会唤醒我们的心灵，叫我们在午夜梦回之际，重新认识自己，认识万物，认识眼前的世界，认识过去、现在和将来。

2017 年 10 月 24 日写于杭州

毛诗序

《关雎》，后妃之德也，风之始也，所以风天下而正夫妇也。故用之乡人焉，用之邦国焉。风，风也，教也，风以动之，教以化之。

诗者，志之所之也，在心为志，发言为诗，情动于中而形于言，言之不足，故嗟叹之，嗟叹之不足，故咏歌之，咏歌之不足，不知手之舞之足之蹈之也。

情发于声，声成文谓之音，治世之音安以乐，其政和；乱世之音怨以怒，其政乖；亡国之音哀以思，其民困。故正得失，动天地，感鬼神，莫近于诗。先王以是经夫妇，成孝敬，厚人伦，美教化，移风俗。

故诗有六义焉：一曰风，二曰赋，三曰比，四曰兴，五曰雅，六曰颂，上以风化下，下以风刺上，主文而谲谏，言之者无罪，闻之者足以戒，故曰风。至于王道衰，礼义废，政教失，国异政，家殊俗，而变风变雅作矣。国史明乎得失之迹，伤人伦之废，哀刑政之苛，吟咏情性，以风其上，达于事变而怀其旧俗也。故变风发乎情，止乎礼义。发乎情，民之性也；止乎礼义，先王之泽也。是以一国之事，系一人之本，谓之风；言天下之事，形四方之风，谓之雅。雅者，正也，言王政之所由废兴也。政有大小，故有小雅焉，有大雅焉。颂者，美盛德之形容，以其成功告于神明者也。是谓四始，诗之至也。

然则《关雎》《麟趾》之化，王者之风，故系之周公。南，言化自北而南也。《鹊巢》《驺虞》之德，诸侯之风也，先王之所以教，故系之召公。《周南》《召南》，正始之道，王化之基。是以《关雎》乐得淑女，以配君子，忧在进贤，不淫其色；哀窈窕，思贤才，而无伤善之心焉。是《关雎》之义也。

草部

亦食亦药亦尔雅

荇

菜

荇(xìng)菜

即莕菜，别名接余、水镜草、金莲子、水荷叶等。生长于池塘及流动缓慢的溪流和小河中，多年生水生草本植物，茎多分枝，沉入水中，生有许多不定根。作药用时可治发汗透疹；利尿通淋；清热解毒。是《诗经》中寓意爱情的浪漫之花，在中国分布广泛，内蒙古草原、京城的皇家园林、江南水乡、川滇的横断山区以及宝岛台湾，都可以找到它们的踪迹。出自《周南·关雎》：

关关雎鸠，在河之洲。窈窕淑女，君子好逑。

参差荇菜，左右流之。窈窕淑女，寤寐求之。

求之不得，寤寐（wù mèi）思服。悠哉悠哉，辗转反侧。

参差荇菜，左右采之。窈窕淑女，琴瑟友之。

参差荇菜，左右芼（mào）之。窈窕淑女，钟鼓乐之。

荇
菜

葛

葛

葛

别称甘葛、野葛、葛藤等。豆科多年生草本植物。茎长二三丈，缠绕他物上，花紫红色。茎可编篮做绳，纤维可织葛布。根可提制淀粉，又供药用。我国绝大部分地区均有分布，对气候的要求不严，适应性较强，多分布于海拔1700米以下较温暖潮湿的坡地、沟谷、向阳矮小灌木丛中。出自《周南·葛覃》：

葛之覃兮，施（yì）于中谷，维叶萋萋。

黄鸟于飞，集于灌木，其鸣喈（jiē）喈。

葛之覃兮，施于中谷，维叶莫莫。

是刈（yì）是濩（huò），为絺（chī）为绤（xì），服之无斁（yì）。

言告师氏，言告言归。

薄污我私，薄浣我衣。

害浣害否？归宁父母。

芣苢

卷耳

芣苢

芣苢(fú yǐ)

芣苢，即车前子，别称当道、牛舌草、猪耳朵草等。车前科多年生草本植物，生长于路边、山野、河边。嫩叶可做蔬菜食用，种子和全草可入药。出自《周南·芣苢》：

采采芣苢，薄言采之。采采芣苢，薄言有之。
采采芣苢，薄言掇（duō）之。采采芣苢，
薄言捋（luō）之。采采芣苢，薄言袺（jié）之。
采采芣苢，薄言襭（xié）之。

卷耳

卷(juàn)耳

关于《诗经》里的卷耳究竟是什么植物，一直没有定论。古今各家多指现在的苍耳子，别名粘不粘、小刺猬、相思菜等。嫩苗可食，籽可入药，在我国分布范围极广。碧青的果子，如拇指大小，全身密生倒刺，很容易与衣物勾连，所以有"常思"的意思在。但苍耳有毒，并不适合做野菜，故存疑。出自《周南·卷耳》：

采采卷耳，不盈顷筐。
嗟我怀人，寘（zhì）彼周行。
陟（zhì）彼崔嵬（wéi），我马虺隤（huī tuí）。
我姑酌彼金罍（léi），维以不永怀。
陟彼高冈，我马玄黄。
我姑酌彼兕觥（sì gōng），维以不永伤。
陟彼砠（jū）矣，我马瘏（tú）矣。
我仆痡（pū）矣，云何吁矣。

蔓

蘮

蒌

蒌，即蒌蒿，别称芦蒿、水艾、香艾等。菊科多年生草本植物，其叶似艾，白色，长数寸，高丈余，好生水边及泽中，正月根芽生，旁茎正白。生食之，香而脆美，其叶又可蒸食。古时吃蒌蒿一般都是"二月芦，三月蒿，四月五月当柴烧"。出自《周南·汉广》：

南有乔木，不可休思；汉有游女，不可求思。
汉之广矣，不可泳思；江之永矣，不可方思。
翘（qiáo）翘错薪，言刈其楚；之子于归，
言秣（mò）其马。
汉之广矣，不可泳思；江之永矣，不可方思。
翘翘错薪，言刈其蒌；之子于归，言秣其驹。
汉之广矣，不可泳思；江之永矣，不可方思。

蘩

蘩，别称白蒿、由胡等。菊科多年生草本植物，嫩苗可食。可全草入药，分布于东北、华北、西北、西南等地，生于川泽中，易繁衍，古时用于祭祖，以保佑子孙众多，人丁兴旺。《采蘩》一诗描写的正是周天子祭祖之礼。出自《召南·采蘩》：

于以采蘩？于沼于沚（zhǐ）。
于以用之？公侯之事。
于以采蘩？于涧之中。
于以用之？公侯之宫。
被之僮僮，夙夜在公。
被（bì）之祁祁，薄言还归。

蕨

蕨，别名很多，古代叫它蕨萁、月尔、綦等，民间又称它为龙头菜、蕨菜、米蕨草、如意菜等。凤尾蕨科蕨属的森林植物，味道鲜美，香嫩可口，具有丰富的营养价值和药用价值。

薇

薇，即野豌豆，又叫大巢菜，种子、茎、叶均可食用，脆甜。多年生草本植物。出自《召南·草虫》：

喓（yāo）喓草虫，趯（tì）趯阜螽（zhōng）；未见君子，忧心忡忡。亦既见止，亦既觏（gòu）止，我心则降。

陟彼南山，言采其蕨；未见君子，忧心惙（chuò）惙。亦既见止，亦既觏止，我心则说。

陟彼南山，言采其薇；未见君子，我心伤悲。亦既见止，亦既觏止，我心则夷。

蘋

蘋

别名四叶菜、田字草、四叶苹等。一种水草，嫩叶可做蔬菜食用，可入药，也可作为饲料。生于水田、池沼等地，在泥中匍匐，有不规则分枝。多年生草本植物。

藻

藻

别名金鱼藻、聚藻等。多年生水生草本，全株光滑无毛。有二种，其一种叶如鸡苏，茎大如箸，长四五尺；其一种茎大如钗股，叶如蓬蒿，谓之聚藻。可入药，亦可作为鱼、鸭等禽畜饲料。出自《召南·采蘋》：

于以采蘋？南涧之滨。于以采藻？于彼行潦（lǎo）。
于以盛之？维筐及筥（jǔ）。于以湘之？维锜（qí）及釜。
于以奠之？宗室牖（yǒu）下；谁其尸之？有齐季女。

白芳

白茅

白茅，别名茅草、丝茅草、茅根、兰根等。多年生草本植物，具有粗壮的长根状茎，秆直立，节无毛，通常用来捆绑东西，白茅根可入药，凉血止血，清热利尿。我国南北方山间水畔分布都很广泛。初生之茅名"荑"，白而柔，人见人爱，因此形容美人纤纤玉手。其芽称为"茅针"，白嫩可食，乡间小孩子常挖取生食之。白茅在古代是洁白、柔顺的象征，祭祀时常用来垫托或包裹祭品，也有年轻的猎人用白茅包裹猎物来讨好女子，表示倾慕之意。出自《小雅·白华》：

白华菅（jiān）兮，白茅束兮。

之子之远，俾（bǐ）我独兮。

英英白云，露彼菅茅。

天步艰难，之子不犹。

滮（biāo）池北流，浸彼稻田。

啸歌伤怀，念彼硕人。

樵彼桑薪，卬（áng）烘于煁（shén）。

维彼硕人，实劳我心。

鼓钟于宫，声闻于外。

念子懆（cǎo）懆，视我迈迈。

有鹙（qiū）在梁，有鹤在林。

维彼硕人，实劳我心。

鸳鸯在梁，戢（jí）其左翼。

之子无良，二三其德。

有扁斯石，履之卑兮。

之子之远，俾我疧（qí）兮。

葭

葭

葭，即初生的芦苇，别称苇、芦、蒹葭等。多年水生或湿生的高大禾草，生长在灌溉沟渠旁、河堤沼泽地等低湿地或浅水处。蒹葭者，芦苇也，飘零之物，随风而荡，却止于其根，若飘若止，若有若无。思绪无限，恍惚飘摇，而牵挂于根。
出自《秦风·蒹葭》：

蒹葭苍苍，白露为霜。所谓伊人，在水一方。

溯洄从之，道阻且长。溯游从之，宛在水中央。

蒹葭凄凄，白露未晞。所谓伊人，在水之湄。

溯洄从之，道阻且跻。溯游从之，宛在水中坻（chí）。

蒹葭采采，白露未已。所谓伊人，在水之涘（sì）。

溯洄从之，道阻且右。溯游从之，宛在水中沚。

葭

蓬

蓬，即蓬草，别名飞蓬、狼尾蒿等。多年生草本植物，花白色，中心黄色，叶似柳叶，子实有毛。飞蓬的枝叶散生，地上部的枝冠往往大于根系，强风一吹常连根拔起，植株在地面上翻滚旋转，因此生长在不同地方的单株常因随风飞舞而"相逢"，所以称为"飞蓬"。出自《卫风·伯兮》：

伯兮朅（qiè）兮，邦之桀兮。伯也执殳（shū），为王前驱。

自伯之东，首如飞蓬。岂无膏沐？谁适（dí）为容？

其雨其雨，杲（gǎo）杲出日。愿言思伯，甘心首疾。

焉得谖（xuān）草？言树之背。愿言思伯，使我心痗（mèi）。

蓬

匏

匏

匏，即葫芦，别名腰舟、葫芦瓜等。一年生草
本植物。叶枯则匏干可用，古时涉水的人佩带
着葫芦以防沉溺。古代葫芦最早称瓠、匏和壶，
三名一物。古人认为瓠、匏、壶区别主要表现
在外形上。瓠即现在用来当菜吃的瓠子，犹如
丝瓜、细而长；匏即农家作水瓢用的瓢葫芦；
壶即扁圆葫芦。也有人认为就其质来说，葫芦
有甘、苦之分，甘者曰"瓠"，又曰"甘瓠"；
苦者曰"匏"，又曰"苦匏"。诗中匏有苦叶，
似有此意。出自《大雅·公刘》：

笃公刘，匪居匪康。乃埸（yì）乃疆，乃积乃仓。
乃裹糇（hóu）粮，于橐（tuó）于囊。思辑用光，
弓矢斯张。干戈戚扬，爰方启行。
笃公刘，于胥斯原。既庶既繁，既顺乃宣，
而无永叹。陟则在巘（yǎn），复降在原。
何以舟之？维玉及瑶，鞞琫（bǐng běng）容刀。
笃公刘，逝彼百泉。瞻彼溥原，乃陟南冈。
乃觏于京，京师之野。于时处处，于时庐旅，
于时言言，于时语语。
笃公刘，于京斯依。跄跄济济，俾筵俾几。
既登乃依，乃造其曹。执豕于牢，酌之用匏。
食之饮之，君之宗之。
笃公刘，既溥既长。既景乃冈，相其阴阳，
观其流泉。其军三单，度其隰（xí）原。彻田为粮，
度其夕阳。豳居允荒。
笃公刘，于豳（bīn）斯馆。涉渭为乱，取厉取锻，
止基乃理。爰众爰有，夹其皇涧。溯其过涧。
止旅乃密，芮鞫（jū）之即。

（葑）

葑

葑，又名葑苁、蔓菁、芜菁、圆菜头、大头菜等。二年生草本植物。茎粗叶大而厚阔，夏初起苔，开紫花。结荚如芥子，匀圆亦似芥子，紫赤。根长而白，形似萝卜。四时皆可食，春食苗，夏食心，秋食茎，冬食根。喜冷凉地，在我国南北均有栽培。出自《邶（bèi）风·谷风》：

习习谷风，以阴以雨。黾（mǐn）勉同心，不宜有怒。

采葑采菲，无以下体？德音莫违，及尔同死。

行道迟迟，中心有违。不远伊迩，薄送我畿（jī）。

谁谓荼苦，其甘如荠。宴尔新婚，如兄如弟。

葑

（荼）

荼

荼，即苦菜，可以食用的一种蔬菜，又叫苦苣菜、苦麻菜、苣荬菜等，菊科苦荬菜属，多年生草本植物。可入药，有清热、凉血、解毒之功用。在我国分布广泛。出自《邶风·谷风》：

行道迟迟，中心有违。不远伊迩，薄送我畿。谁谓荼苦，其甘如荠。宴尔新婚，如兄如弟。

泾以渭浊，湜（shí）湜其沚。宴尔新婚，不我屑以。

毋逝我梁，毋发我笱（gǒu）。我躬不阅，遑恤我后。

荼

荠

荠，就是荠菜。十字花科荠菜属，一、二年生草本植物。荠
菜自古就是一种人们喜爱的可食用野菜。常生长于山坡、田
边及路旁。荠菜的营养价值很高，食用方法多种多样，具有
很高的药用价值，具有和脾、利水、止血、明目的功效，常
用于治疗产后出血、痢疾、水肿、肠炎、胃溃疡、感冒发热、
目赤肿疼等症。出自《邶风·谷风》：

行道迟迟，中心有违。不远伊迩，薄送我畿。
谁谓荼苦，其甘如荠。宴尔新婚，如兄如弟。

苓

苓，多年生草本植物，根与根状茎粗状，外皮褐色，里面淡黄色，具甜味。块茎可食用，亦可入药。不过，历代人们对苓的注解多有分歧，余冠英《诗经选》释作卷耳，程俊英《诗经注析》释作甘草，聂石樵《诗经新注》释作黄药，沈括《梦溪笔谈》从之。出自《唐风·采苓》：

采苓采苓，首阳之巅。人之为言，苟亦无信。

舍旃（zhān）舍旃，苟亦无然。人之为言，胡得焉？

采苦采苦，首阳之下。人之为言，苟亦无与。

舍旃舍旃，苟亦无然。人之为言，胡得焉？

采葑采葑，首阳之东。人之为言，苟亦无从。

舍旃舍旃，苟亦无然。人之为言，胡得焉？

苓

麦

蝱

贝母

麦

麦，一年生或二年生草本植物，有小麦、大麦、燕麦、黑麦等。子实主要作粮食或作精饲料、酿酒、制饴糖。秆可作编织或造纸原料。出自《鄘风·桑中》：

爱采唐矣？沫之乡矣。云谁之思？美孟姜矣。

期我乎桑中，要我乎上官，送我乎淇之上矣。

爱采麦矣？沫之北矣。云谁之思？美孟弋（yì）

矣。期我乎桑中，要我乎上官，送我乎淇之上矣。

爱采葑矣？沫之东矣。云谁之思？美孟庸矣。

期我乎桑中，要我乎上官，送我乎淇之上矣。

虻

虻，贝母也，为多年生草本植物，其鳞茎供药用，有止咳化痰、清热散结之功。出自《鄘风·载驰》：

载驰载驱，归唁（yàn）卫侯。

驱马悠悠，言至于漕。

大夫跋涉，我心则忧。

既不我嘉，不能旋反。

视尔不臧，我思不远。

既不我嘉，不能旋济？

视尔不臧，我思不閟（bì）。

陟彼阿丘，言采其虻。

女子善怀，亦各有行。

许人尤之，众稚且狂。

我行其野，芃（péng）芃其麦。

控于大邦，谁因谁极？

大夫君子，无我有尤。

百尔所思，不如我所之。

绿竹

绿
竹

绿竹

绿竹具体指为何物，自古有两种说法。一说绿竹就是普通绿色的竹子，还有一种说法就是绿和竹分别指王刍和萹竹两种植物。《集注》从第一种说法，即绿竹。常绿多年生植物，一般在春、夏、冬季生笋，且有年份之分。茎有很多节，中间是空的，质地坚硬，种类很多。是种坚强的植物，有君子之称。出自《卫风·淇奥》：

瞻彼淇奥（yù），绿竹猗猗。

有匪君子，如切如磋，如琢如磨。

瑟兮僩（xiàn）兮，赫兮咺兮。

有匪君子，终不可谖兮。

瞻彼淇奥，绿竹青青。

有匪君子，充耳琇莹，会弁（biàn）如星。

瑟兮僩兮，赫兮咺（xuān）兮。

有匪君子，终不可谖兮。

瞻彼淇奥，绿竹如箦（zé）。

有匪君子，如金如锡，如圭如璧。

宽兮绰兮，猗重较兮。

善戏谑兮，不为虐兮。

蓷蕾

王芻

王刍

王刍

绿竹的另一说法指绿和竹是两种植物。

绿，王刍也，菉草的别称，又名荩草，一种染黄用的草。《唐本草》认为"王刍"是一种叶子似竹而比竹细薄，茎干也较竹圆小的植物，常常长在溪涧水流旁。

萹蓄

萹蓄

竹，萹蓄也，一年生草本植物，又名萹竹。多生郊野道旁。可入药。出自《卫风·淇奥》：

瞻彼淇奥，绿竹猗猗。

有匪君子，如切如磋，如琢如磨。

瑟兮僴兮，赫兮咺兮，

有匪君子，终不可谖兮！

葟

芃蘭

芄
蘭

芄兰

芄兰，即萝藦，俗名婆婆针线包、白环藤、奶
浆藤、洋飘飘等。多年生草质藤本植物，折
断后有白色的汁液流出，可以吃。生长于林
边荒地、山脚、河边及路旁。出自《卫风·
芄兰》：

芄兰之支，童子佩觿（xī）。

虽则佩觿，能不我知？

容兮遂兮，垂带悸兮。

芄兰之叶，童子佩韘（shè）。

虽则佩韘，能不我甲？

容兮遂兮，垂带悸兮。

萑

芦

芦，即芦苇，蒹葭属。出自《卫风·河广》：

谁谓河广？一苇杭之。

谁谓宋远？跂予望之。

谁谓河广？曾不容刀。

谁谓宋远？曾不崇朝。

諼

諼

諼，諼草，即萱草，别称黄花菜、金针菜、宜男草等。既可入药，又可做菜肴，同时也可做染料。萱草在我国有几千年的栽培历史，在传统的诗词语境中也是母亲的代表。古人认为萱草可以使人忘忧，遂称为"忘忧草"。出自《卫风·伯兮》：

伯兮朅兮，邦之桀兮。伯也执殳，为王前驱。
自伯之东，首如飞蓬。岂无膏沐？谁适为容！
其雨其雨，杲杲出日。愿言思伯，甘心首疾。
焉得谖草？言树之背。愿言思伯。使我心痗。

黍

黍，一年生草本植物，叶线形，子实淡黄色，稍大于小米，熟后有黏性，可酿酒、做糕。《集传》："黍，谷名，苗似芦，高丈余，穗黑色，实圆重。"

稷

稷，亦谷也，一名穄，似黍而小，或曰粟也。粘者为黍，不粘为稷，如稻之有粳糯。黍亦名秫，以为酒。稷为饭稷，古者明祀用之。出自《王风·黍离》：

彼黍离离，彼稷之苗。行迈靡靡，中心摇摇。

知我者，谓我心忧；不知我者，谓我何求。

悠悠苍天，此何人哉？

黍

稷

萑

蕭

蓮子菜

萑（tuī）

萑，即益母草，古又名茺蔚，别称益母蒿、益母艾、红花艾、坤草等，节间开花，花白色。一年生草本植物，性微寒，味苦辛，可去瘀生新、活血调经、利尿消肿，是历代医家用来治疗妇科疾病之要药。也可以长期食用。出自《王风·中谷有萑》：

中谷有萑，暵（hàn）其干矣。

有女仳（pǐ）离，嘅其叹矣。

嘅其叹矣，遇人之艰难矣！

中谷有萑，暵其脩（xiū）矣。

有女仳离，条其啸矣。

条其啸矣，遇人之不淑矣！

中谷有萑，暵其湿矣。

有女仳离，啜其泣矣。

啜其泣矣，何嗟及矣！

萧

萧，蒿类，有香气，古人在祭祀时把它与油脂混合在一起，然后点燃，类似后世的香烛。出自《小雅·小明》：

昔我往矣，日月方奥。曷云其还？政事愈蹙。

岁聿云莫，采萧获菽。心之忧矣，自诒伊戚。

念彼共人，兴言出宿。岂不怀归？畏此反覆。

（艾）

艾

艾，即艾草，又名香艾、蕲艾、艾蒿等。多年生草本或略成半灌木状植物，植株有浓烈香气。嫩叶可食用，其叶晒干后，可供药用和针灸，被称为医草，有温经、去湿、散寒等作用。又可作印泥的原料。出自《王风·采葛》：

彼采葛兮，一日不见，如三月兮！
彼采萧兮，一日不见，如三秋兮！
彼采艾兮，一日不见，如三岁兮！

艾

麻

麻

麻，大麻，又名火麻。一年生草本植物，种类很多，有"大麻""苎麻""苘麻""亚麻"等。籽可以吃，茎部韧皮纤维长坚韧，皮纤维可用来织布。出自《王风·丘中有麻》：

丘中有麻，彼留子嗟。彼留子嗟，将其来施施。

丘中有麦，彼留子国。彼留子国，将其来食。

丘中有李，彼留之子。彼留之子，贻我佩玖。

麻

荷
華

荷华

荷华，又名荷花、莲花、芙蓉等，多年生水生草本植物。荷
花全身皆宝，藕和莲子能食用，莲子、根茎、藕节、荷叶、
花及种子的胚芽等都可入药。出自《郑风·山有扶苏》：

山有扶苏，隰有荷华。不见子都，乃见狂且。
山有乔松，隰有游龙，不见子充，乃见狡童。

荷
華

龍

龙（茏）

龙，茏的假借字。游龙，水草名，即荭草、水荭、红蓼花。
一年生草本植物。多生于沟边、河川两岸的草地、沼泽湿润处。
茎直立而粗壮，高大茂盛，开淡粉色或白色花，果实可入药。
出自《郑风·山有扶苏》：

山有扶苏，隰有荷华。不见子都，乃见狂且。
山有乔松，隰有游龙，不见子充，乃见狡童。

龍

蕳

苡蘆

蕳(jiān)

蕳，即佩兰，又名兰佩、兰草等，多年生草本植物。喜生路边灌丛及山沟路旁。自古就被人们称为香祖，可全草入药。在古代，这种兰草的身上，除了蕴藏着自然清淡、久远不绝的幽香之外，还有暗藏祝福的未知之力。佩兰而行的人，是受天降吉祥庇护的人。出自《陈风·泽陂》：

彼泽之陂（bēi），有蒲与荷。

有美一人，伤如之何？

寤寐无为，涕泗滂沱。

彼泽之陂，有蒲与蕳。

有美一人，硕大且卷。

寤寐无为，中心悁（yuān）悁。

彼泽之陂，有蒲菡萏（hàn dàn）。

有美一人，硕大且俨。

寤寐无为，辗转伏枕。

茹藘

茹藘，别称茜草，多年生攀援草本植物。茎四棱形，有的沿棱有倒刺。其根中所含的茜红素是红色染料．但含量极少，茜红十分珍贵，因而古代只有贵族才染得起红色。出自《郑风·出其东门》：

出其东门，有女如云。

虽则如云，匪我思存。

缟衣綦（qí）巾，聊乐我员。

出其闉闍（yīn dū），有女如荼。

虽则如荼，匪我思且。

缟衣茹藘（lú），聊可与娱。

勺
藥

勺
薬

勺药

勺药，即芍药，别名余容、可离、红药、没骨花、
婪尾春、黑牵夷等。多生于山坡、草地、林下。
芍药是具有较高药用价值的植物。其根入药，
温和性平，具有抗菌、消炎等功能。我国古代
男女交往，多由男子将芍药赠与女子，以表结
情之约或惜别之情。因此，芍药自古又被称之
为"将离草"。出自《郑风·溱洧》：

溱（zhēn）与洧，方涣涣兮。

士与女，方秉蕳兮。

女曰观乎？士曰既且。且往观乎？

洧（wěi）之外，洵訏且乐。

维士与女，伊其相谑，赠之以勺药。

溱与洧，浏其清矣。

士与女，殷其盈矣。

女曰观乎？士曰既且。且往观乎？

洧之外，洵訏（xún xū）且乐。

维士与女，伊其将谑，赠之以勺药。

莠

莠，又叫狗尾草，因该植物的穗形像狗尾巴，而得名。一年
生草本植物，在幼时形似禾稼，苗叶及成熟花穗都类似小米，
故孔子曰："恶莠，恐其乱苗也。"我国各地均有分布，为常
见主要杂草。出自《小雅·大田》：

大田多稼，既种既戒，既备乃事。

以我覃耜（yǎn sì），俶（chù）载南亩。

播厥百谷，既庭且硕，曾孙是若。

既方既皂，既坚既好，不稂（láng）不莠（yǒu）。

去其螟螣（míng tè），及其蟊（máo）贼，无害我田稚。

田祖有神，秉畀（bì）炎火。

草
部

稻

梁

稻

稻，通常叫稻米，也叫大米。一年生禾本植物，性喜温湿。有水稻、旱稻两类，通常多指水稻。子实碾制去壳后叫大米，是重要的粮食作物之一。

梁

梁，北方人把梁叫小米。出自《唐风·鸨羽》：

肃肃鸨（bǎo）行，集于苞桑，

王事靡盬（gǔ），不能蓺（yì）稻粱。

父母何尝？悠悠苍天，曷其有常？

韭

瓜

壺

瓜

瓜，指的是蔓生植物所结的球形或椭圆形果实，有蔬瓜、果瓜之分，属葫芦科，果实可食。

壶

壶，即指瓠子以及一切葫芦科果实，乡间一般笼统称之为葫芦。

韭

韭，多年生草本植物，又名韭、山韭、扁菜等，在我国的栽培历史很悠久。可食用，亦可入药。出自《豳风·七月》：

七月食瓜，八月断壶，九月叔苴。

采荼薪樗，食我农夫。

九月筑场圃，十月纳禾稼。

黍稷重穋，禾麻菽麦。

嗟我农夫，我稼既同，上入执宫功。

昼尔于茅，宵尔索绹。

亟其乘屋，其始播百谷。

二之日凿冰冲冲，三之日纳于凌阴。

四之日其蚤，献羔祭韭。

九月肃霜，十月涤场。

朋酒斯飨，曰杀羔羊。

跻彼公堂，称彼兕觥，万寿无疆！

荍

荍，即锦葵，别名华锦葵、荆葵、旌节花等。古为菜蔬之一，有滋润肌肤的效果。二至多年生草本植物，株形高大，叶缘呈裂片状，开紫色的花朵。花朵呈浅紫色，干燥后会转变为蓝色，可入药。出自《陈风·东门之枌》：

东门之枌（fén），宛丘之栩。子仲之子，婆娑其下。

穀（gǔ）旦于差，南方之原。不绩其麻，市也婆娑。

穀旦于逝，越以鬷（zōng）迈。视尔如荍（qiáo），贻我握椒。

纻

纻

纻，同"苎"，苎麻。多年生草本植物，茎皮含纤维质，经过揉洗梳理之后，可以得到比较长而耐磨的纤维，成为古时人们衣料的主要原料，织成麻布，裁制衣服。因此，每年种植、浸洗、梳理苎麻，是春秋前后很长历史时期农村主要劳动内容之一。出自《陈风·东门之池》：

东门之池，可以沤麻。彼美淑姬，可与晤歌。
东门之池，可以沤纻。彼美淑姬，可与晤语。
东门之池，可以纻菅。彼美淑姬，可与晤言。

纻

菅

菅

菅

菅，又称芦芒、白华、接骨草等，多年生草本
植物，多生于山坡、草地及林缘向阳处。嫩叶
可作饲料，茎叶很坚韧，可做炊帚、刷子等。
杆、叶可作造纸原料。根可入药。出自《小雅·
白华》：

白华菅兮，白茅束兮。

之子之远，俾我独兮。

英英白云，露彼菅茅。

天步艰难，之子不犹。

滮池北流，浸彼稻田。

啸歌伤怀，念彼硕人。

樵彼桑薪，卬烘于煁。

维彼硕人，实劳我心。

鼓钟于宫，声闻于外。

念子懆懆，视我迈迈。

有鹙在梁，有鹤在林。

维彼硕人，实劳我心。

鸳鸯在梁，戢其左翼。

之子无良，二三其德。

有扁斯石，履之卑兮。

之子之远，俾我疧兮。

苕

苕

苕，别名凌霄、紫葳、蔓生草。一种蔓生植物，生长在低湿的地上。一年生或二年生草本植物，茎细长，羽状复叶，花紫色，可作绿肥。亦称"野豌豆"。

鷊

鷊

鷊，一种杂色小草，又叫绶草，一般生长在阴湿处。出自《陈风·防有鹊巢》：

防有鹊巢，邛（qióng）有旨苕。谁侜（zhōu）予美？心焉忉忉。
中唐有甓，邛有旨鷊（yì）。谁侜予美？心焉惕惕。

蒲

蒲

蒲，别称香蒲、蒲草等。多年生草本植物，多长在河滩上。根茎长在泥里，可食用。叶长而尖，是重要的造纸和人造棉的原料，可编席、制扇。出自《小雅·鱼藻》：

鱼在在藻，有颁（fén）其首。王在在镐，岂乐饮酒。

鱼在在藻，有莘其尾。王在在镐，饮酒乐岂。

鱼在在藻，依于其蒲。王在在镐，有那其居。

蒲

著

著

著，即蓍草，别名一支蒿、蜈蚣草、蜈蚣蒿、飞天蜈蚣等。古人谓之神草。因其茎常用来撲卦，可知天地鬼神，吉凶祸福。生于山坡草地或灌丛中。可全草入药。具有消肿止痛等功效。出自《曹风·下泉》：

洌彼下泉，浸彼苞稂。忾我寤叹，念彼周京。

洌彼下泉，浸彼苞萧。忾我寤叹，念彼京周。

洌彼下泉，浸彼苞著（shī）。忾我寤叹，念彼京师。

芃芃黍苗，阴雨膏之。四国有王，郇（xún）伯劳之。

著

蒬

蒬(yù)

蒬，即蔢蒬，别称燕蒬、山葡萄、山蒲桃、野葡萄、猫眼睛等。
一种落叶小灌木，果实大如桂圆，似李而形小，果味酸，
肉少核大，仁可入药。茎的纤维可做绳索，亦可入药。常
生长在林野间，在我国分布广泛。出自《豳风·七月》：

六月食郁及蒬，七月亨葵及菽。

八月剥（pū）枣，十月获稻。为此春酒，以介眉寿。

七月食瓜，八月断壶，九月叔苴（jū）。

采荼薪樗（chū），食我农夫。

葵

葵，即冬葵，别名冬苋菜、冬寒菜、葵菜、冬寒（苋）菜、
皱叶锦葵等。是古人日常生活中的重要菜蔬，家家种植，人
人皆食。明代以后退出了日常生活，葵才告别了餐桌。《黄
帝内经》把葵列为古人食用的五菜之首。除作菜蔬外，冬葵
的子叶花根均可入药。出自《豳风·七月》：

六月食郁及薁，七月亨葵及菽，

八月剥枣，十月获稻。

为此春酒，以介眉寿。

七月食瓜，八月断壶，九月叔苴。

采荼薪樗，食我农夫。

蔹

蔹(liǎn)

乌蔹莓，又名乌蔹草、五叶藤、五爪龙、母猪藤等。常生长于山地森林，旷野、林下、路旁，常攀援于大树上。多年生蔓生草本植物，叶子多而细，五月开花，七月结球形浆果，根入药。具清热解毒，活血散瘀等功效。出自《唐风·葛生》：

葛生蒙楚，蔹蔓于野。予美亡此，谁与？独处。

葛生蒙棘，蔹蔓于域。予美亡此，谁与？独息。

角枕粲（càn）兮，锦衾烂兮。予美亡此，谁与？独旦。

蔹

栝
楼

果蠃(luǒ)

果蠃，植物名，多年生攀缘草本植物。一名栝楼，别名吊瓜、老鸦瓜、半边红等。果实近球形，熟时橙红色，可食用也可入药，有解热止渴、利尿、镇咳祛痰等作用。生于山坡林下、灌丛中、草地和村旁田边。出自《豳风·东山》：

我徂东山，慆（tāo）慆不归。我来自东，零雨其濛。
果蠃之实，亦施于宇。伊威在室，蟏蛸（xiāo shāo）在户。
町畽（tuǎn）鹿场，熠耀宵行。不可畏也，伊可怀也。

栝
楼

苹

苹，即今人谓之田字草。多年生草本植物，常见于水池、稻田中。植株全草可入药，最早记载于《吴普本草》，《本草纲目》亦有述及，其药效包括清热解毒、利水消肿，可治疮痈及毒蛇咬伤。陆玑《毛诗草木鸟兽虫鱼疏》："藾蒿，叶青色，茎似箸而轻脆，始生香，可生食。"出自《小雅·鹿鸣》：

呦呦鹿鸣，食野之苹。我有嘉宾，鼓瑟吹笙。

吹笙鼓簧，承筐是将。人之好我，示我周行。

呦呦鹿鸣，食野之蒿。我有嘉宾，德音孔昭。

视民不恌（tiāo），君子是则是效。我有旨酒，嘉宾式燕以敖。

呦呦鹿鸣，食野之芩。我有嘉宾，鼓瑟鼓琴。

鼓瑟鼓琴，和乐且湛（dān）。我有旨酒，以燕乐嘉宾之心。

蒿

芩

蒿

芩

蒿

蒿，又叫青蒿、香蒿。菊科植物，多生于溪边、草坡。古人曾以其嫩叶作蔬菜食用。可全草入药。

芩

芩，古书上指芦苇一类的植物。多年生草本植物，叶子对生，披针形，开淡紫色花。根可入药，有清热祛湿等作用。出自《小雅·鹿鸣》：

呦呦鹿鸣，食野之苹。

我有嘉宾，鼓瑟吹笙。

吹笙鼓簧，承筐是将。

人之好我，示我周行。

呦呦鹿鸣，食野之蒿。

我有嘉宾，德音孔昭。

视民不恌，君子是则是效。

我有旨酒，嘉宾式燕以敖。

呦呦鹿鸣，食野之芩。

我有嘉宾，鼓瑟鼓琴。

鼓瑟鼓琴，和乐且湛。

我有旨酒，以燕乐嘉宾之心。

台

台，通"薹"，莎草，又名香附子、蓑衣草等。茎三棱形，
为常见多年生杂草，可制蓑衣。多生于潮湿地区或河边沙地。
在我国分布范围极广。可入药。出自《小雅·南山有台》：

南山有台，北山有莱。乐只君子，邦家之基。

乐只君子，万寿无期！南山有桑，北山有杨。

乐只君子，邦家之光。乐只君子，万寿无疆！

南山有杞，北山有李。乐只君子，民之父母。

乐只君子，德音不已！南山有栲（kǎo），北山有杻（niǔ）。

乐只君子，遐不眉寿。乐只君子，德音是茂！

南山有枸（jǔ），北山有楰（yú）。乐只君子，遐不黄耇（gǒu）。

乐只君子，保艾尔后！

莱

莱

莱，即藜草，别称灰条菜、灰菜等，一年生草本植物。嫩苗可食，生田间、路边、荒地、宅旁等地，为古代贫者常食的野菜。茎叶可喂家畜。全草又可入药，能止泻痢，止痒，可治痢疾腹泻等。出自《小雅·南山有台》：

南山有台，北山有莱。乐只君子，邦家之基。

乐只君子，万寿无期！南山有桑，北山有杨。

乐只君子，邦家之光。乐只君子，万寿无疆！

南山有杞，北山有李。乐只君子，民之父母。

乐只君子，德音不已！南山有栲，北山有杻。

乐只君子，遐不眉寿。乐只君子，德音是茂！

南山有枸，北山有楰。乐只君子，遐不黄耇。

乐只君子，保艾尔后！

莱

莪

莪，莪蒿，又名萝蒿、抱娘蒿、眉毛蒿、萝蒿等，一种可吃的野草。多年生草本植物，生水边，叶像针，开黄绿小花，可食用，亦可作药用。本是杂草，常与作物争水争肥，农人见之必除之而后快。出自《小雅·菁菁者莪》：

菁菁者莪（é），在彼中阿。既见君子，乐且有仪。

菁菁者莪，在彼中沚。既见君子，我心则喜。

菁菁者莪，在彼中陵。既见君子，锡我百朋。

泛泛杨舟，载沉载浮。既见君子，我心则休。

蓫

蓫，一种野菜，又名羊蹄菜、野萝卜等。多年生草本植物，常生于沟边湿地、河岸及水甸子旁。古代常作为救荒食物，但性滑，多食使人腹泻。可入药。出自《小雅·我行其野》：

我行其野，蔽芾（fèi）其樗，昏姻之故，言就尔居。

尔不我畜，复我邦家。

我行其野，言采其蓫（chú）。昏姻之故，言就尔宿。

尔不我畜？言归斯复。

我行其野，言采其葍（fú）。不思旧姻，求尔新特。

成不以富，亦祇（zhǐ）以异。

葍

葍，多年生蔓草，是田间、水边常见的一种杂草。花叶似蘿
菜而小，花相连，根白色，可蒸食，饥荒之年，可以御饥。
但不适宜多食，《毛传》称其为"恶菜"。对农作物有害。出
自《小雅·我行其野》：

我行其野，蔽芾其樗，婚姻之故，言就尔居。
尔不我畜，复我邦家。
我行其野，言采其蓫。婚姻之故，言就尔宿。
尔不我畜？言归斯复。
我行其野，言采其葍。不思旧姻，求尔新特。
成不以富，亦祇以异。

葍

莞

莞

莞，即莞草，又称席子草、蒲草、水葱等。常生长于沼泽、浅水处及湖边。可用来编席。根茎可入药。出自《小雅·斯干》：

殖殖其庭，有觉其楹。

哙（kuài）哙其正，哕（huì）哕其冥，君子攸宁。

下莞（guān）上簟（diàn），乃安斯寝。

乃寝乃兴，乃占我梦。

吉梦维何？维熊维罴（pí），维虺（huǐ）维蛇。

大人占之：维熊维罴，男子之祥；维虺维蛇，女子之祥。

莞

蓼

蓼，即水蓼，别称辣蓼、蔷、虞蓼、蔷蓼、蔷虞、泽蓼、辛菜等。一年生草本植物，多生湿地，水边或水中。我国大部分地区有分布。它的根、果实可供药用。在古代还是一种香料。出自《周颂·良耜》：

畟（cè）畟良耜，俶载南亩。播厥百谷，实函斯活。
或来瞻女，载筐及筥，其馕（xiǎng）伊黍。其笠伊纠，
其镈（bó）斯赵，以薅（hāo）荼蓼。荼蓼朽止，黍稷茂止。
获之挃挃，积之栗栗。其崇如墉，其比如栉（zhì），
以开百室。百室盈止，妇子宁止。杀时犉（rǔn）牡，
有捄（qíu）其角。以似以续，续古之人。

蔚

蔚

蔚，即牡蒿，别名齐头蒿、布菜、土柴胡、掌草、碗头青、油艾等。可全草入药，具有清热，凉血，解毒之功效。生于林缘、林下、旷野、山坡、丘陵、路旁及灌丛下。广布于我国南北各地。出自《小雅·蓼莪》：

蓼蓼者莪，匪莪伊蒿。哀哀父母，生我劬（qú）劳。
蓼蓼者莪，匪莪伊蔚。哀哀父母，生我劳瘁（cuì）。
瓶之罄矣，维罍之耻。鲜民之生，不如死之久矣。
无父何怙（hù）？无母何恃？出则衔恤，入则靡至。

齐头蒿

蔚

蔦

女
蘿

蔦

蔦

蔦，即槲寄生。别名北寄生、桑寄生、柳寄生、黄寄生、冻青、寄生子等。常寄生于苹果树、白杨树、松树等各树木，从寄主植物上吸取水分和无机物，进行光合作用制造养分。它四季常青，开黄色花朵，入冬结出各色的浆果。可全株入药。

女
蘿

女萝

女萝，即松萝，又名松落、关公须、天蓬草、树挂、金丝藤、过山龙等，生于深山的老树枝干或高山岩石上，成悬垂条丝状。"蔦与女萝"意喻兄弟亲戚相互依附。出自《小雅·颊弁》：

有颊（kuǐ）者弁，实维伊何？

尔酒既旨，尔肴既嘉。

岂伊异人？兄弟匪他。

蔦（niǎo）与女萝，施于松柏。

未见君子，忧心奕奕。

既见君子，庶几说怿。

有颊者弁，实维何期？

尔酒既旨，尔肴既时。

岂伊异人？兄弟具来。

蔦与女萝，施于松上。

未见君子，忧心忄丙忄丙。

既见君子，庶几有臧。

有颊者弁，实维在首。

尔酒既旨，尔肴既阜。

岂伊异人？兄弟甥舅。

如彼雨雪，先集维霰（xiàn）。

死丧无日，无几相见。

乐酒今夕，君子维宴。

草
部

芹

芹，水中的一种植物，即水芹菜，别名水英、细本山芹菜、牛草、楚葵、刀芹、蜀芹等。中国自古食用，两千多年前的《吕氏春秋》中称，"云梦之芹"是菜中的上品，被誉为百菜之祖。水芹生于江湖之间和沼泽之边，鲜而嫩，南人食之；旱芹生于平地之上，老而苦，北人采之。出自《鲁颂·泮水》：

思乐泮水，薄采其芹。
鲁侯戾止，言观其旂。
其旂（qí）茷（pèi）茷，鸾声哕哕。
无小无大，从公于迈。

蓝

蓝

蓝，此指蓼蓝，别称为蓝或靛青。一年生草本植物，多生于旷野水沟边。它的叶子含有一种叫靛甙的化学成分，染出的颜色，就叫靛蓝，自古就是一种染色的原材料。可全株入药，是清热类的中草药。出自《小雅·采绿》：

终朝采绿，不盈一匊（jū）。予发曲局，薄言归沐。

终朝采蓝，不盈一襜（chān）。五日为期，六日不詹。

之子于狩，言韔（chàng）其弓。之子于钓，言纶之绳。

其钓维何？维鲂（fáng）及鱮（xù）。维鲂及鱮，薄言观者。

蓝

苕

苕

苕，又叫凌霄，别称紫葳、五爪龙、红花倒水莲、倒挂金钟、
上树龙、藤萝花等。嫩叶可食，夏季开花。多生山中，也可
作人家园圃观赏、绿化植物。其花、叶、茎均可入药，具有
行血去瘀，凉血祛风之功效。出自《小雅·苕之华》：

苕之华，芸其黄矣。心之忧矣，维其伤矣！
苕之华，其叶青青。知我如此，不如无生！
牂（zāng）羊坟首，三星在罶（liǔ）。人可以食，鲜可以饱！

苕

董

董，即紫堇，别名紫花地丁、石龙芮、水姜苔、鬼见愁、假芹菜、和尚菜等，常生于平原湿地或河沟边。全草入药，具有清热解毒等功效。古人认为其可作为野菜食用，现代科学证明其含有毒素，可致人死亡。出自《大雅·绵》：

周原朊（wǔ）朊，堇荼如饴。

爰始爰谋，爰契我龟：曰止曰时，筑室于兹。

乃慰乃止，乃左乃右，乃疆乃理，乃宣乃亩。

自西徂东，周爰执事。

堇

荏菽

荏菽

荏菽，豆的总称，此处指大豆。"五谷"之一，一年生草本
植物。自古即为重要的粮食作物，起源中国。最常用来做
各种豆制品、榨取豆油、酿造酱油和提取蛋白质。豆渣或
磨成粗粉的大豆也常用于禽畜饲料。也可用来入药。出自
《大雅·生民》：

诞实匍匐，克岐克嶷（yí），以就口食。

荏之荏菽，荏菽旆（pèi）旆。

禾役穟（suì）穟，麻麦幪（méng）幪，瓜瓞（dié）唪（fěng）唪。

荏
菽

筍

笋

笋，又称竹笋，是竹子初从土里长出的嫩茎、芽。按采取季节分为冬笋、春笋、鞭笋等。在中国自古被当作"菜中珍品"，是传统佳肴，味香质脆，食用和栽培历史极为悠久。中医认为竹笋味甘、微寒，无毒。在药用上具有清热化痰、益气和胃、治消渴、利水道、利膈爽胃等功效。出自《大雅·韩奕》：

韩侯出祖，出宿于屠。显父饯之，清酒百壶。

其殽维何？炰（páo）鳖鲜鱼。其蔌（sù）维何？维笋及蒲。

其赠维何？乘（shèng）马路车。笾（biān）豆有且，侯氏燕胥。

筍

来

来牟，亦作"麳麰"，古时种植的大小麦子的统称。来的本意是瑞麦，指一茎两穗，象征吉祥、繁衍。

牟

牟的本意也是麦子。"来牟"连在一起用。朱熹说来是小麦，牟是大麦。一年生禾本植物，人类主食之一。出自《周颂·思文》：

思文后稷，克配彼天。立我烝民，莫匪尔极。

贻我来牟，帝命率育。无此疆尔界，陈常于时夏。

稌

稌

稌，即稻子，又称稻谷。草本植物，按其生存环境的不同，可以分为水稻、旱稻、海稻，按成熟时期一般又分为早稻、中稻和晚稻。是人类重要的粮食作物之一，耕种与食用的历史都相当悠久。出自《周颂·丰年》：

丰年多黍多稌（tú），亦有高廪（lǐn），万亿及秭（zǐ）。

为酒为醴（lǐ），烝（zhēng）畀祖妣（bǐ）。

以洽百礼，降福孔皆。

稌

茆

茆，即今言莼菜，别称蓴菜、马蹄菜、湖菜等，多年水生宿根草本植物。自古以来就被视为蔬菜中的珍品，古人所谓"莼鲈风味"中的"莼"，就是指的莼菜。以其嫩茎叶供食用，亦可入药。主要分布于黄河以南的池沼湖泊中，以杭州莼菜和四川的西昌莼菜为佳品。出自《鲁颂·泮水》：

思乐泮水，薄采其茆。
鲁侯戾止，在泮饮酒。
既饮旨酒，永锡难老。
顺彼长道，屈此群丑。

木部

美人如诗，草木如织

桃

桃

桃，即桃花。落叶小乔木，花单生，从淡至深粉红或红色，有时为白色，可以观赏。果实多汁，可以生食或制桃脯、罐头等，核仁也可以食用。被称为"天下第一果"，起源中国，在古代是祭祀神仙所用五果之一。出自《周南·桃夭》：

桃之夭夭，灼灼其华。之子于归，宜其室家。

桃之夭夭，有蕡（fén）其实。之子于归，宜其家室。

桃之夭夭，其叶蓁（zhēn）蓁。之子于归，宜其家人。

桃

楚

楚

楚，亦称牡荆、荆条、五指风等。落叶灌木，常生于山地阳坡之上，形成灌丛。叶、茎、果实和根均可入药。茎皮可造纸，枝条可做编筐、篮的良好材料，枝干坚劲，可以做杖；开花时可做蜜源植物，可以得到著名荆条蜜。出自《唐风·绸缪》：

绸缪（chóu móu）束薪，三星在天。今夕何夕，见此良人？
子兮子兮，如此良人何？
绸缪束刍（chú），三星在隅。今夕何夕，见此邂逅？
子兮子兮，如此邂逅何？
绸缪束楚，三星在户。今夕何夕，见此粲者？
子兮子兮，如此粲者何？

楚

甘
棠

甘棠

甘棠，又叫棠梨、杜梨、野梨、鹿梨等。多生于荒郊、山脚、路边或道旁。高大的落叶乔木，枝叶繁茂，春华秋实，花色白，果实圆而小，味涩可食。根、叶和果实均可入药。出自《召南·甘棠》：

蔽芾甘棠，勿剪勿伐，召伯所茇（bá）。
蔽芾甘棠，勿剪勿败，召伯所憩。
蔽芾甘棠，勿剪勿拜，召伯所说。

甘
棠

梅

梅

梅，小乔木。中国特有的传统花果，分为花梅和果梅两种。在中国传统文化中，梅是十大名花之首，与兰花、竹子、菊花一起列为四君子，与松、竹并称为"岁寒三友"。果梅果实可以盐渍，或熏制成乌梅入药，有止咳、止泻、生津、止渴之效。出自《召南·摽有梅》：

摽（biào）有梅，其实七兮。求我庶士，迨（dài）其吉兮。

摽有梅，其实三兮。求我庶士，迨其今兮。

摽有梅，顷筐塈（jì）之。求我庶士，迨其谓之。

梅

朴樕

朴樕

朴樕，即槲皮，又称金鸡树、大叶栎、槲栎等。落叶乔木，生于海拔2700米以下的山地阳坡，或与其他栎类、榉树、马尾松等混生，有时成纯林。剥取树皮后洗净、切片、晒干可入药。出自《召南·野有死麕》：

野有死麕（jūn），白茅包之。有女怀春，吉士诱之。

林有朴樕（sù），野有死鹿。白茅纯束，有女如玉。

舒而脱脱兮！无感我帨（shuì）兮！无使尨（máng）也吠！

朴樕

唐棣

唐棣，又称栟栘、红栒子、棠棣、常棣等。落叶小乔木，似白杨，生长在海拔1000～2000米山坡、灌木丛中。花瓣细长，白色而有芳香，栽培供观赏；树皮可入药。果实清香甜美，风味独特，除生食以外，也是酿酒、制造高级饮品和保健药品的理想原料。出自《召南·何彼襛矣》：

何彼襛（nóng）矣，唐棣（dì）之华。

曷（hé）不肃雍？王姬之车。

何彼襛矣，华如桃李。

平王之孙，齐侯之子。

其钓维何？维丝伊缗（mín）。

齐侯之子，平王之孙。

唐棣

李

李

李，落叶小乔木，果实称李子，别名嘉庆子、布霖、李子、山李子等。其果实7~8月间成熟，饱满圆润，呈黄色或紫红色，口味甘甜，是人们最喜欢的水果之一。果实、叶、花及根均可入药。生于山坡灌丛中、山谷疏林中或水边、沟底、路旁等处。在我国各地广有栽培。出自《召南·何彼秾矣》：

何彼秾矣，唐棣之华。曷不肃雍？王姬之车。

何彼秾矣，华如桃李。平王之孙，齐侯之子。

其钓维何？维丝伊缗。齐侯之子，平王之孙。

（柏）

柏

柏，一种常绿乔木。叶鳞片状，结球果，有扁柏、侧柏、
圆柏、罗汉柏等多种。木质坚硬，纹理致密，可供建筑
及制造器物之用。种子榨油，供制肥皂、食用或药用。
出自《小雅·天保》：

如月之恒，如日之升。

如南山之寿，不骞不崩。

如松柏之茂，无不尔或承。

柏

棘

棘

棘，即酸枣，又名棘子、野枣、山枣、葛针等。多生长于山区、野生山坡、旷野或路旁。是枣的变种，但枝条节间较短，托刺发达。叶小而密，果实多圆或椭圆形，味酸，果核呈圆或椭圆形，花期很长，是优质蜜源植物。酸枣具有很高的营养和药用价值。出自《魏风·园有桃》：

园有桃，其实之肴。心之忧矣，我歌且谣。

不知我者，谓我"士也骄。彼人是哉，子曰何其。"

心之忧矣，其谁知之？其谁知之，盖亦勿思！

园有棘，其实之食。心之忧矣，聊以行国。

不知我者，谓我"士也罔极。彼人是哉，子曰何其。"

心之忧矣，其谁知之？其谁知之，盖亦勿思！

棘

榛

榛

榛，落叶灌木或小乔木，花黄褐色，结球形坚果，称榛子，又称山板栗、尖栗、槌子等。生于山地阴坡灌丛中，木材可做器物。果仁可食，是世界四大干果之一。榛子富含油脂，对体弱、病后虚羸、易饥饿的人都有很好的补养作用。可入药，有极高的医用价值。出自《邶风·简兮》：

简兮简兮，方将万舞。

日之方中，在前上处。

硕人俣（yǔ）俣，公庭万舞。

有力如虎，执辔（pèi）如组。

左手执籥（yuè），右手秉翟（dí）。

赫如渥赭（zhě），公言锡爵！

山有榛，隰有苓。云谁之思？西方美人。

彼美人兮，西方之人兮！

榛

栗

栗

栗，落叶乔木，果实为坚果，称栗子，别名毛栗，板栗等。
树高可达20米，生长极快。果实味甜，可食，自古就是珍贵
的果品，也是干果之中的佼佼者。栗子属于坚果类，淀粉很高。
中医认为栗有补肾健脾、强身壮骨、益胃平肝等功效。出自《唐
风·山有枢》：

山有枢，隰有榆。子有衣裳，弗曳弗娄。

子有车马，弗驰弗驱。宛其死矣，他人是愉。

山有栲，隰有杻。子有廷内，弗洒弗扫。

子有钟鼓，弗鼓弗考。宛其死矣，他人是保。

山有漆，隰有栗。子有酒食，何不日鼓瑟？

且以喜乐，且以永日。宛其死矣，他人入室。

椅

椅

椅，即山桐子，别名水冬瓜、水冬桐、椅树、椅桐、斗霜红等，落叶乔木。生于海拔400～2500米的低山区的山坡、山洼等处。木材松软，可供建筑、家具、器具等的用材。花多芳香，有蜜腺；树形优美，果色朱红，为山地、园林的观赏树种。种子可入药。出自《小雅·湛露》：

湛湛露斯，匪阳不晞。厌厌夜饮，不醉无归。
湛湛露斯，在彼丰草。厌厌夜饮，在宗载考。
湛湛露斯，在彼杞棘。显允君子，莫不令德。
其桐其椅，其实离离。岂弟君子，莫不令仪。

椅

桐

桐

桐，即泡桐，别名白花泡桐、大果泡桐，空桐木等。落叶乔木，喜光，较耐阴。叶大，开白色或紫色花。木材纹理通直，结构均匀，不挠不裂，易于加工，可做琴、船、箱等物。叶、花、果和树皮可入药。出自《鄘风·定之方中》：

定之方中，作于楚宫。揆（kuí）之以日，作于楚室。

树之榛栗，椅桐梓漆，爰伐琴瑟。

升彼虚矣，以望楚矣。望楚与堂，景山与京，

降观于桑。卜云其吉，终然允臧。

灵雨既零，命彼倌人。星言夙驾，说于桑田。

匪直也人，秉心塞渊，骐（lái）牝（pìn）三千。

桐

梓

梓,梓树,落叶乔木。别名花楸、黄花楸、水桐楸、木角豆等。
叶大荫浓,嫩叶可食;根皮或树皮、果实、木材、树叶均可
入药;木材可供建筑及制造器物之用。出自《小雅·小弁》:

维桑与梓,必恭敬止。
靡瞻匪父,靡依匪母。
不属于毛,不罹于里。
天之生我,我辰安在?

梓

漆

漆

漆，又名漆树，别名干漆、大木漆、小木漆、山漆、植苴、瞌妮子等。落叶乔木，大多生长在山脚、山腰或农田垅畔等海拔较低的地方。是中国最古老的经济树种之一，籽可榨油，木材坚实，为天然涂料、油料和木材兼用树种。漆液是天然树脂涂料，素有涂料之王的美誉。出自《鄘风·定之方中》：

定之方中，作于楚宫。揆之以日，作于楚室。

树之榛栗，椅桐梓漆，爰伐琴瑟。

升彼虚矣，以望楚矣。望楚与堂，景山与京，

降观于桑。卜云其吉，终然允臧。

灵雨既零，命彼倌人。星言夙驾，说于桑田。

匪直也人，秉心塞渊，騋牝三千。

桑

桑

桑，即农家桑，又称桑葚树，落叶乔木或灌木。原产我国中部和北部，是古代非常重要的树种。叶为桑蚕饲料。木材可制器具，枝条可编箩筐，桑皮可作造纸原料，果实称桑椹，可供食用、酿酒，叶、果和根皮可入药。出自《小雅·南山有台》：

南山有台，北山有莱。乐只君子，邦家之基。

乐只君子，万寿无期！南山有桑，北山有杨。

乐只君子，邦家之光。乐只君子，万寿无疆！

南山有杞，北山有李。乐只君子，民之父母。

乐只君子，德音不已！南山有栲，北山有杻。

乐只君子，遐不眉寿。乐只君子，德音是茂！

南山有枸，北山有楰。乐只君子，遐不黄耇。

乐只君子，保艾尔后！

桑

桧

桧，即桧树，别名桧柏、圆柏、刺柏等。常绿乔木，叶有针状或鳞片两种，果实球形。木质桃红色，坚实，有香味，可供建筑及制造器具、铅笔杆等。出自《卫风·竹竿》：

籊（tì）籊竹竿，以钓于淇。岂不尔思？远莫致之。

泉源在左，淇水在右。女子有行，远兄弟父母。

淇水在右，泉源在左。巧笑之瑳（cuō），佩玉之傩（nuó）。

淇水滺（yōu）滺，桧楫松舟。驾言出游，以写我忧。

（松）

松

松，常绿乔木。树皮多为鳞片状，叶子针形，花单性，雌雄同株，结球果，卵圆形或圆锥形，有木质的鳞片，木材和树脂都可利用。在民间一直有"木材之王"的美誉。全身可入药。同时也具有极高观赏性。出自《小雅·斯干》：

秩秩斯干，幽幽南山。

如竹苞矣，如松茂矣。

兄及弟矣，式相好矣，无相犹矣。

松

木
瓜

木瓜

木瓜，又叫海棠、木瓜海棠、铁杆海棠等。花色美丽，是著名的观赏性植物。温带木本植物。果实会始终散发一股芳香气息，在古代与木桃、木李等都是男女定情的信物。其药用价值也极高，可加工成木瓜果脯、木瓜酱等。出自《卫风·木瓜》：

投我以木瓜，报之以琼琚。匪报也，永以为好也！
投我以木桃，报之以琼瑶。匪报也，永以为好也！
投我以木李，报之以琼玖。匪报也，永以为好也！

木
瓜

蒲

蒲，学名红皮柳，别名蒲柳、蒲杨、水杨、青杨和萑苻等。
落叶灌木，是重要的护岸树、风景林，茎可作编筐材料。出
自《王风·扬之水》：

扬之水，不流束薪。彼其之子，不与我戍申。
怀哉怀哉，曷月予还归哉？
扬之水，不流束楚。彼其之子，不与我戍甫。
怀哉怀哉，曷月予还归哉？
扬之水，不流束蒲。彼其之子，不与我戍许。
怀哉怀哉，曷月予还归哉？

（杞）

杞

杞，即杞柳。又名椽、绵柳、簸箕柳、笆斗柳等。落叶乔木，生于山地河边、湿草地。树如柳叶，木质坚实。出自《郑风·将仲子》：

将仲子兮，无逾我里，无折我树杞。岂敢爱之？畏我父母。
仲可怀也，父母之言，亦可畏也。
将仲子兮，无逾我墙，无折我树桑。岂敢爱之？畏我诸兄。
仲可怀也，诸兄之言，亦可畏也。
将仲子兮，无逾我园，无折我树檀。岂敢爱之？畏人之多言。
仲可怀也，人之多言，亦可畏也。

杞

檀

檀，古书中称檀的木很多，时无定指。常指豆科的黄檀、紫檀等。檀木又名青龙木，亚热带常绿乔木，果实有翼，木质坚硬，香气芬芳永恒，色彩绚丽多变且百毒不侵，万古不朽，古人认为其能避邪，故又称圣檀。出自《小雅·鹤鸣》：

鹤鸣于九皋，声闻于野。鱼潜在渊，或在于渚。

乐彼之园，爰有树檀，其下维萚（tuò）。

他山之石，可以为错。

鹤鸣于九皋，声闻于天。鱼在于渚（zhǔ），或潜在渊。

乐彼之园，爰有树檀，其下维榖。

他山之石，可以攻玉。

舜

舜，即木槿，古称"蕣"，别名木棉、荆条、朝开暮落花、喇叭花等。落叶小乔木，高约八九尺。叶楔状卵形，往往有三浅裂，边缘有齿牙。六七月间开花，淡红色，又有淡紫色、白色或重瓣等变种。果实为蒴果，叶除可代茶外，并可用以沐发；花烹调可做汤。自古就是一种在庭园很常见的灌木花种，可编篱笆。种子入药，称"朝天子"。出自《郑风·有女同车》：

有女同车，颜如舜华。将翱将翔，佩玉琼琚。
彼美孟姜，洵美且都。
有女同行，颜如舜英。将翱将翔，佩玉将将。
彼美孟姜，德音不忘。

柳

柳

柳，即柳树，别名水柳、垂杨柳、清明柳等。落叶大桥木，在中国已有2000多年的栽培历史，柳树易繁殖，生命力强，可美化环境，在生活、环保、医药等方面也有用途。因柳和"留"同音，所以古人常以柳赠友，表达依依惜别之情。出自《齐风·东方未明》：

东方未明，颠倒衣裳。颠之倒之，自公召之。
东方未晞，颠倒裳衣。倒之颠之，自公令之。
折柳樊圃，狂夫瞿瞿。不能辰夜，不夙则莫。

柳

枢

枢

枢，即刺榆，树枝有棘刺，落叶小乔木，常见于村落路旁、土堤上、石砾河滩。木材淡褐色，坚硬而细致，可供制农具及器具用；树皮可作人造棉、绳索、麻袋的原料；嫩叶可作饮料，也作绿篱用。种子可榨油。出自《唐风·山有枢》：

山有枢，隰有榆。子有衣裳，弗曳弗娄。

子有车马，弗驰弗驱。宛其死矣，他人是愉。

山有栲，隰有杻。子有廷内，弗洒弗扫。

子有钟鼓，弗鼓弗考。宛其死矣，他人是保。

山有漆，隰有栗。子有酒食，何不日鼓瑟？

且以喜乐，且以永日。宛其死矣，他人入室。

枢

（榆）

榆

榆，即榆树，别称白榆、榆树、家榆等。落叶乔木，实扁圆，木材坚实，可制器具或供建筑用。枝皮纤维可代麻制绳、麻袋或作人造棉和造纸原料；树皮可制淀粉；嫩果、幼叶可食或作饲料；种子可榨油；果实、树皮和叶入药能安神，治神经衰弱、失眠。出自《唐风·山有枢》：

山有枢，隰有榆。子有衣裳，弗曳弗娄。

子有车马，弗驰弗驱。宛其死矣，他人是愉。

山有栲，隰有杻。子有廷内，弗洒弗扫。

子有钟鼓，弗鼓弗考。宛其死矣，他人是保。

山有漆，隰有栗。子有酒食，何不日鼓瑟？

且以喜乐，且以永日。宛其死矣，他人入室。

榆

枢

枢

枢，檍树，俗称菩提树。长得近似于棣树，叶子细长，可以用来喂牛，木材坚韧，可做车辋弓弩等。朱熹在《诗集传》中说：叶似杏而尖，白色，皮正赤，其理多曲少直，材可为弓弩干者。出自《小雅·南山有台》：

南山有台，北山有莱。乐只君子，邦家之基。

乐只君子，万寿无期！南山有桑，北山有杨。

乐只君子，邦家之光。乐只君子，万寿无疆！

南山有杞，北山有李。乐只君子，民之父母。

乐只君子，德音不已！南山有栲，北山有杻。

乐只君子，遐不眉寿。乐只君子，德音是茂！

南山有枸，北山有楰。乐只君子，遐不黄耇。

乐只君子，保艾尔后！

枢

椒

椒

椒

椒，即花椒，别称大椒、秦椒、蜀椒等。落叶
小乔木，枝有短刺，果紫红色，可作为调味料，
并可提取芳香油，也可加工制作肥皂。花椒用
作中药，有温中行气、驱寒等功效。古人认为
花椒的香气可辟邪，椒房即取其意。此外，花
椒树结实累累，在古代也是子孙繁衍的象征。
出自《唐风·椒聊》：

椒聊之实，蕃衍盈升。

彼其之子，硕大无朋。

椒聊且，远条且。

椒聊之实，蕃衍盈匊。

彼其之子，硕大且笃。

椒聊且，远条且。

栩

栩

栩，即柞树，别名栎树、橡树等。常绿灌木或小乔木。生棘刺，叶卵形或长椭圆卵形。木质坚硬，可做家具农具等，古人用来制作车辋。叶、皮可入药。是传统的观赏树种。出自《陈风·东门之枌》：

东门之枌，宛丘之栩。

子仲之子，婆娑其下。

穀旦于差，南方之原。

不绩其麻，市也婆娑。

穀旦于逝，越以鬷迈。

视尔如荍，贻我握椒。

栩

（楊）

杨

杨，落叶乔木。叶互生，卵形或卵状披针形，柔荑花序。种类很多，有白杨、大叶杨、小叶杨等多种。树干通常端直，树皮光滑或纵裂，常为灰白色。木材可做器物。出自《陈风·东门之杨》：

东门之杨，其叶牂牂。

昏以为期，明星煌煌。

东门之杨，其叶肺肺。

昏以为期，明星晢（zhé）晢。

楊

（梅）

梅

梅，落叶小乔木，品种很多，性耐寒，初春开花，有白、红等颜色，分五瓣，香味很浓，果实球形，味酸。中国特有的传统花果，分为花梅和果梅两种。出自《秦风·终南》：

终南何有？有条有梅。

君子至止，锦衣狐裘。

颜如渥丹，其君也哉。

终南何有？有纪有堂。

君子至止，黻（fú）衣绣裳。

佩玉将将，寿考不忘。

梅

驳

驳

驳，即梓榆，叶乔木。叶宽大，椭圆形。花浅黄色。木材可供建筑及造家具、乐器等用。树皮叫梓白皮，可供药用。出自《秦风·晨风》：

鴥（yù）彼晨风，郁彼北林。

未见君子，忧心钦钦。

如何如何，忘我实多！

山有苞栎，隰有六驳。

未见君子，忧心靡乐。

如何如何，忘我实多！

山有苞棣，隰有树檖（suí）。

未见君子，忧心如醉。

如何如何，忘我实多！

驳

苞棣

苞棣

苞棣，也叫郁李、寿李、小桃红、赤李子等。生于山坡林下、灌丛中，灌木。果实色红，如梨，种仁入药，名郁李仁。是花果俱美的观赏花木，宜配植在阶前、屋旁、山岩坡上，或点缀于林缘、草坪周围，也可作花径、花篱栽培之用。出自《秦风·晨风》：

鴥（yù）彼晨风，郁彼北林。未见君子，忧心钦钦。

如何如何，忘我实多！

山有苞栎，隰有六驳。未见君子，忧心靡乐。

如何如何，忘我实多！

山有苞棣，隰有树檖（suí）。未见君子，忧心如醉。

如何如何，忘我实多！

苞棣

郁

郁，植物名，唐棣之类。树高五六尺，果实像李子，赤色。树皮、种仁及根均可入药。出自《豳风·七月》：

六月食郁及薁，七月亨葵及菽。

八月剥枣，十月获稻。为此春酒，以介眉寿。

七月食瓜，八月断壶，九月叔苴。

采荼薪樗，食我农夫。

枣

枣

枣，即红枣，别名大枣、美枣、良枣等。落叶灌木或乔木，枝有刺，叶卵形，开小黄花，核果称枣子或枣儿，椭圆形，熟时红色，可食。除供鲜食外，常可以制成蜜饯和果脯，还可以作枣泥、枣面、枣酒、枣醋等，为食品工业原料。枣树叶、花、果、皮、根、刺及木材均可入药。出自《豳风·七月》：

六月食郁及薁，七月亨葵及菽。

八月剥枣，十月获稻。为此春酒，以介眉寿。

七月食瓜，八月断壶，九月叔苴。

采荼薪樗，食我农夫。

枣

樗

樗

樗，即臭椿树。落叶乔木。树干通直高大，常作园林风景树和行道树。叶可饲蚕，树皮、根皮、果实均可入药，有清热利湿、收敛止痢等效。木材黄白色，可制作农具车辆等，但木质疏松，易受潮虫蛀，在古代称之为不才之木，喻所托非人。

出自《小雅·我行其野》：

我行其野，蔽芾其樗，昏姻之故，言就尔居。

尔不我畜，复我邦家。

我行其野，言采其蓫。昏姻之故，言就尔宿。

尔不我畜？言归斯复。

我行其野，言采其葍。不思旧姻，求尔新特。

成不以富，亦祇以异。

樗

杞

杞

杞

杞，即枸杞，别名枸杞子、枸杞红实、甜菜子、狗奶子、枸茄茄等。落叶灌木。其嫩叶可食，其果实、皮、根均可入药。此外，还可以用来泡茶、煲汤。被《神农本草经》列为滋补上品，千百年来深受人们的喜爱。出自《小雅·北山》：

陟彼北山，言采其杞。

偕偕士子，朝夕从事。

王事靡盬，忧我父母。

溥天之下，莫非王土；

率土之滨，莫非王臣。

大夫不均，我从事独贤。

四牡彭彭，王事傍傍。

嘉我未老，鲜我方将。

旅力方刚，经营四方。

或燕燕居息，或尽瘁事国；

或息偃在床，或不已于行。

或不知叫号，或惨惨劬劳；

或栖迟偃仰，或王事鞅掌。

或湛乐饮酒，或惨惨畏咎；

或出入风议，或靡事不为。

枸

枸，枸树，别称构桃树、构乳树、假杨梅等。常绿小乔木或大灌木。果实称为香橼，长圆形，黄色，有香气，果皮可入药或提制芳香油。树皮是造纸的高级原料，材质洁白。根和种子均可入药，树液可治皮肤病，经济价值很高。出自《小雅·南山有台》：

南山有台，北山有莱。乐只君子，邦家之基。

乐只君子，万寿无期！南山有桑，北山有杨。

乐只君子，邦家之光。乐只君子，万寿无疆！

南山有杞，北山有李。乐只君子，民之父母。

乐只君子，德音不已！南山有栲，北山有杻。

乐只君子，遐不眉寿。乐只君子，德音是茂！

南山有枸，北山有楰。乐只君子，遐不黄耇。

乐只君子，保艾尔后！

穀

穀

穀，即楮树，别名楮实子、沙纸树、谷木、谷浆树等。落叶乔木，常野生或栽于村庄附近的荒地、田园及沟旁。嫩叶可作家畜饲料，树皮是造纸原料，果为楮实子、构树子，与根共入药，功能补肾、利尿、强筋骨。出自《小雅·黄鸟》：

黄鸟黄鸟，无集于穀，无啄我粟。

此邦之人，不我肯穀。言旋言归，复我邦族。

黄鸟黄鸟，无集于桑，无啄我粱。

此邦之人，不可与明。言旋言归，复我诸兄。

黄鸟黄鸟，无集于栩，无啄我黍。

此邦之人，不可与处。言旋言归，复我诸父。

穀

栲

柞

柞

柞，柞木，常绿灌木或小乔木。生棘刺。叶卵
形或长椭圆卵形。可作观赏树。材质坚实，纹
理细密，材色棕红，供家具农具等用；叶、皮
供药用，有收敛止泻及治痢疾之效。出自《小
雅·车辖（xiá）》：

间关车之辖兮，思娈季女逝兮。

匪饥匪渴，德音来括。

虽无好友，式燕且喜。

依彼平林，有集维鷮（jiāo）。

辰彼硕女，令德来教。

式燕且誉，好尔无射（yì）。

虽无旨酒，式饮庶几。

虽无嘉肴，式食庶几。

虽无德与女，式歌且舞。

陟彼高岗，析其柞薪。

析其柞薪，其叶湑（xǔ）兮。

鲜我觏尔，我心写兮。

高山仰止，景行行止。

四牡骓（fēi）骓，六辔如琴。

觏尔新昏，以慰我心。

檉

檉

檉，即西河柳，别称垂丝柳、赤柳、西湖柳、观音柳等。老枝红色，叶像鳞片，嫩叶用药，枝条可编筐、椹枷等。花淡红色，有时一年开花三次，结蒴果。全树耐碱抗旱，适于造防沙林，多种于畔上固土。出自《大雅·皇矣》：

作之屏之，其菑（zī）其翳（yì）。

修之平之，其灌其栵（lì）。

启之辟之，其檉（chēng）其椐。

攘之剔之，其檿（yǎn）其柘（zhè）。

帝迁明德，串夷载路。

天立厥配，受命既固。

檉

柘

柘

柘，俗名山桑。小乔木或灌木，多生于山坡灌丛中。叶可饲蚕，内皮可造纸，木可制弓。枝、叶、果实均可入药。出自《大雅·皇矣》：

作之屏之，其菑其翳。修之平之，其灌其栵。

启之辟之，其柽其椐。攘之剔之，其檿其柘。

帝迁明德，串夷载路。天立厥配，受命既固。

梧

桐

梧桐

梧桐,又称青桐、桐麻,落叶乔木。喜温暖湿润,通常在平原、丘陵及山沟生长。梧桐高大挺拔,为树木中之佼佼者。自古常把梧桐和凤凰联系在一起。凤凰是鸟中之王,而凤凰最乐于栖在梧桐之上,可见梧桐的高贵。出自《大雅·卷阿》:

凤皇于飞,翙(huì)翙其羽,亦集爰止。

蔼蔼王多吉士,维君子使,媚于天子。

凤皇于飞,翙翙其羽,亦傅于天。

蔼蔼王多吉人,维君子命,媚于庶人。

凤皇鸣矣,于彼高冈。梧桐生矣,于彼朝阳。

菶(běng)菶萋萋,雍雍喈喈。

君子之车,既庶且多。君子之马,既闲且驰。

矢诗不多,维以遂歌。

梧
桐

鸟部

鸟语花香待春来

雎
鸠

雎鸠

雎鸠，即鹗，又名鱼鹰、鱼雕、鱼鸿、鱼江鸟等。栖息于湖泊、河流、海岸等地。上体深褐色，下体大部纯白，深色的短冠羽可竖立，因此古人亦称其为王雎。主要以鱼类为食，有时也捕食蛙、蜥蜴等其他小型陆栖动物。鹗的领域意识很强，在面积较小的水塘区域内一般只有一对鹗栖息，因此象征着婚姻生活幸福美满。出自《周南·关雎》：

关关雎鸠，在河之洲。窈窕淑女，君子好逑。

参差荇菜，左右流之。窈窕淑女，寤寐求之。

求之不得，寤寐思服。悠哉悠哉，辗转反侧。

参差荇菜，左右采之。窈窕淑女，琴瑟友之。

参差荇菜，左右芼之。窈窕淑女，钟鼓乐之。

雎
鸠

黄
鸟

黄鸟

黄鸟，又名黄莺、金衣公子、黑枕黄鹂等，古称搏黍、黄离
留，是一种候鸟，栖息环境较广泛，以昆虫、果实、种子等
为主要食物，一般随季节和地区不同而有变化。叫声委婉动
听，易于驯养。出自《周南·葛覃》：

葛之覃兮，施于中谷，维叶萋萋。

黄鸟于飞，集于灌木，其鸣喈喈。

葛之覃兮，施于中谷，维叶莫莫。

是刈是濩，为绤为绤，服之无斁。

言告师氏，言告言归。薄污我私，薄浣我衣。

害浣害否，归宁父母。

黄
鸟

仓庚

仓庚

仓庚，即黄鹂，头部两侧有通过眼周而直达枕部的黑纹，翼和尾的中央呈黑色。生活栖息于平原至低山的森林地带或村落附近的高大乔木上，以昆虫、浆果等为食，是著名食虫益鸟。仓庚知春而鸣，应节而趋时，故尤其喜人。出自《豳风·东山》：

我徂东山，慆慆不归。我来自东，零雨其濛。
仓庚于飞，熠耀其羽。之子于归，皇驳其马。
亲结其缡，九十其仪。其新孔嘉，其旧如之何？

仓庚

鹊

鹊，即喜鹊，别称客鹊、飞驳鸟、干鹊、神女等。头、颈、背至尾均为黑色。适应能力强，在山区、平原都有栖息。杂食性动物，既捕食蝗虫、蝼蛄、地老虎以及蛙类等小型动物，也盗食其他鸟类的卵和雏鸟，也吃瓜果、谷物、植物种子等。在传统文化中，是好运与福气的象征，自古深受人们喜爱。出自《召南·鹊巢》：

维鹊有巢，维鸠居之。之子于归，百两御之。

维鹊有巢，维鸠方之。之子于归，百两将之。

维鹊有巢，维鸠盈之。之子于归，百两成之。

鸠

鸠

鸠，即鸠鸟，别称红斑鸠、斑甲等。头至颈部鼠灰色，后颈有黑色颈环，腹面羽色较淡。性群栖，飞行迅速，常于地面行走、啄食，吃植物的种子、果实等。红鸠是相当恩爱的鸟类，是婚姻幸福的象征。出自《卫风·氓》：

桑之未落，其叶沃若。
于嗟鸠兮！无食桑葚。
于嗟女兮！无与士耽。
士之耽兮，犹可说也。
女之耽兮，不可说也。

鸠

雅

雅

雅，即鹁鸠，也叫鹁鸪、斑佳、锦鸠、斑鸠等。候鸟，体淡
红褐色，头蓝灰色，尾尖白色。在地面觅食，吃大量小型种子。
其肉质细嫩，口感好，味道鲜美，营养丰富；体形似鸽，羽
毛光滑，性情温顺，观赏价值颇高。出自《小雅·南有嘉鱼》：

南有嘉鱼，烝然罩罩。君子有酒，嘉宾式燕以乐。
南有嘉鱼，烝然汕汕。君子有酒，嘉宾式燕以衎（kàn）。
南有樛（jiū）木，甘瓠（hù）累之。君子有酒，嘉宾式燕绥之。
翩翩者雅（zhuī），烝然来思。君子有酒，嘉宾式燕又思。

鸣鸠

鸣鸠

鸣鸠，鸟名，似山鹊而小，短尾，俗名斑鸠。出自《小雅·小宛》：

宛彼鸣鸠，翰飞戾天。我心忧伤，念昔先人。

明发不寐，有怀二人。人之齐圣，饮酒温克。

彼昏不知，壹醉日富。各敬尔仪，天命不又。

中原有菽，庶民采之。螟蛉（míng líng）有子，

蜾蠃（guǒ luǒ）负之。

教诲尔子，式穀似之。题彼脊令，载飞载鸣。

我日斯迈，而月斯征。夙兴夜寐，毋忝（tiǎn）尔所生。

交交桑扈，率场啄粟。哀我填寡，宜岸宜狱。

握粟出卜，自何能穀？温温恭人，如集于木。

惴惴小心，如临于谷。战战兢兢，如履薄冰。

鸣鸠

雀

雀，即麻雀，别名瓦雀、琉雀、家雀、老家贼、麻谷、禾雀等。常见留鸟。黑色喉部，白色脸颊上具黑斑，栗色头部。喜群居，种群生命力极强。栖息于居民点和田野附近，杂食性鸟类。出自《召南·行露》：

厌浥（yì yì）行露，岂不夙夜？谓行多露。

谁谓雀无角！何以穿我屋？谁谓女无家，何以速我狱？

虽速我狱，室家不足！

谁谓鼠无牙，何以穿我墉？谁谓女无家，何以速我讼？

虽速我讼，亦不女从！

雀

燕

燕，即燕子，别名玄鸟、拙燕、观音燕等。候鸟，善于飞行。在树洞或缝中营巢，或在沙岸上钻穴，或在城乡把泥黏在楼道、房顶、屋檐等的墙上或突出部上筑巢。主要以蚊、蝇等昆虫为食。燕子秋去春来的迁徙规律，自古就是人们从事农业活动的物候。出自《邶风·燕燕》：

燕燕于飞，差池（cī chí）其羽。之子于归，远送于野。

瞻望弗及，泣涕如雨。

燕燕于飞，颉（xié）之颃（háng）之。之子于归，远于将之。

瞻望弗及，伫立以泣。

燕燕于飞，下上其音。之子于归，远送于南。

瞻望弗及，实劳我心。

仲氏任只，其心塞渊。终温且惠，淑慎其身。

先君之思，以勖（xù）寡人。

（雉）

雉

雉，即雉鸡，又称野鸡、七彩锦鸡、山鸡等。体型如鸡，善走而不能久飞。雄性尾长，羽毛鲜艳美丽。雌性尾短，羽毛黄褐色，体较小。平时栖息于漫生草莽或其他荫蔽植物的丘陵中，冬时迁至山脚草原及田野间，以谷类、浆果、种子、昆虫等为食。肉可食，亦可入药。我国自古就有节日送野鸡的传统，寓意吉祥如意、美好前程。出自《邶风·雄雉》：

雄雉于飞，泄（yì）泄其羽。我之怀矣，自诒伊阻。

雄雉于飞，下上其音。展矣君子，实劳我心。

瞻彼日月，悠悠我思。道之云远，曷云能来？

百尔君子，不知德行。不忮（zhì）不求，何用不臧？

雉

鵁(jiāo)

鵁，即长尾野鸡，又叫地鸡、长尾雉等，身体大小近似野鸡，但尾羽极长。是我国特有鸟类。栖息活动于500～2000米海拔的山地森林中，以坚果、浆果和种子为食。羽色绚丽，所谓"楚人不识凤，千金买山鸡"说的就是它。是国家二级保护动物。出自《小雅·车舝》：

间关车之舝兮，思娈季女逝兮。匪饥匪渴，德音来括。

虽无好友，式燕且喜。

依彼平林，有集维鷮。辰彼硕女，令德来教。

式燕且誉，好尔无射。

虽无旨酒，式饮庶几。虽无嘉肴，式食庶几。

虽无德与女，式歌且舞。

陟彼高岗，析其柞薪。析其柞薪，其叶湑兮。

鲜我觏尔，我心写兮。

雁

雁，即大雁，又称鸿、野鹅等，候鸟。形状略像鹅，颈和翼较长，足和尾较短，羽毛淡紫褐色，喙扁平，善于游泳和飞行。以野草与种子为主食，栖息活动在水边。能发出响亮而急促的鸣声。肉可食，亦可入药。羽毛可作枕、服装、被褥等填充材料，或者是工艺品。自古以来就是人们寄托思乡情的鸟类，有"鸿雁传书"的典故。出自《小雅·鸿雁》：

鸿雁于飞，肃肃其羽。之子于征，劬劳于野。

爰及矜人，哀此鳏（guān）寡。

鸿雁于飞，集于中泽。之子于垣，百堵皆作。

虽则劬劳，其究安宅。

鸿雁于飞，哀鸣嗷嗷。维此哲人，谓我劬劳。

维彼愚人，谓我宣骄。

流
離

流离

流离，古时对枭、鸮多种鸟类的统称，古时又叫鸱、鸱鸺、逐魂鸟、猫王鸟等。俗称猫头鹰、夜猫子等。这类鸟昼伏夜出，多在黄昏和夜间活动，以捕食鼠类、大型昆虫等为主。叫声阴森凄凉，民间视其为"不祥"之鸟。出自《邶风·旄丘》：

旄（máo）丘之葛兮，何诞之节兮。叔兮伯兮，何多日也？

何其处也？必有与也！何其久也？必有以也！

狐裘蒙戎，匪车不东。叔兮伯兮，靡所与同。

琐兮尾兮，流离之子。叔兮伯兮，褎（yòu）如充耳。

流
離

141

乌

乌

乌，即乌鸦，别称老鸹、老鸦、鸦乌等。全身或大部分羽毛为乌黑色，嘴大而直。喜欢鸣叫，声音嘶哑，性情凶猛。栖息于林缘或山崖，杂食性鸟类，吃谷物、浆果、昆虫、腐肉及其他鸟类的蛋。肉可入药，能补阴益血、平肝息风。出自《邶风·北风》：

北风其凉，雨雪其雱（páng）。惠而好我，携手同行。

其虚其邪？既亟只且（jū）！

北风其喈，雨雪其霏。惠而好我，携手同归。

其虚其邪？既亟只且！

莫赤匪狐，莫黑匪乌。惠而好我，携手同车。

其虚其邪？既亟只且！

乌

鹑

鹑

鹑，即鹌鹑，别称鹑鸟、宛鹑、奔鹑、红面鹌鹑、红腹鹑等。大如小鸡，体型滚圆，黑褐色。一般在平原、丘陵、沼泽、湖泊、溪流的草丛中生活，常成对活动。主要以植物种子、幼芽、嫩枝为食，有时也吃昆虫及无脊椎动物。其肉和蛋营养丰富，味美适口，是上佳补品。出自《鄘风·鹑之奔奔》：

鹑之奔奔，鹊之彊（qiáng）彊。

人之无良，我以为兄！

鹊之彊彊，鹑之奔奔。

人之无良，我以为君！

鶏

鸡

鸡，一种家禽，由野生原鸡驯化而来。品种很多，翅膀短，不能高飞；雄性啼能报晓，雌性所生之蛋是好食品。肉味道鲜美且有营养，可食可入药。出自《郑风·风雨》：

风雨凄凄，鸡鸣喈喈。既见君子，云胡不夷。
风雨潇潇，鸡鸣胶胶。既见君子，云胡不瘳（chōu）。
风雨如晦，鸡鸣不已。既见君子，云胡不喜。

鶏

凫

凫，即野鸭，别名大绿头，大红腿鸭，大麻鸭等。似鸭，雄的头部绿色，背部黑褐色，雌的全身黑褐色，常群游江河湖泊、沼泽池塘中，常以小鱼、小虾、甲壳类动物、昆虫，以及植物的种子、茎、茎叶、藻类和谷物等为食。候鸟，善飞翔。生性胆小，警惕性高。鸣声响亮，与家鸭极相似。出自《郑风·女曰鸡鸣》：

女曰鸡鸣，士曰昧旦。子兴视夜，明星有烂。

将翱将翔，弋凫与雁。

弋言加之，与子宜之。宜言饮酒，与子偕老。

琴瑟在御，莫不静好。

知子之来之，杂佩以赠之。知子之顺之，杂佩以问之。

知子之好之，杂佩以报之。

鴇

鸨

鸨，水鸟名，似雁而略大，背上有黄褐色和黑色斑纹，白腹。不善于飞，而善于走，能涉水。常群居于水草地区，有大鸨、小鸨之分。杂食鸟类，以大量害虫幼体为食。出自《唐风·鸨羽》：

肃肃鸨羽，集于苞栩。王事靡盬，不能蓺稷黍。
父母何怙？悠悠苍天，曷其有所？
肃肃鸨翼，集于苞棘。王事靡盬，不能蓺黍稷。
父母何食？悠悠苍天，曷其有极？
肃肃鸨行，集于苞桑，王事靡盬，不能蓺稻粱。
父母何尝？悠悠苍天，曷其有常？

晨
风

晨风

晨风，即鹯（zhān）鸟。古书中说的一种猛禽，似鹞鹰，鹞类猛禽。有学者考证，认为晨风就是今天的燕隼。燕隼，俗称为青条子、蚂蚱鹰、青尖、土鹘、儿隼、虫鹞等。上体深蓝褐色，下体白色，具暗色条纹。栖息于接近林地的开阔原野。捕食小鸟和大型昆虫。出自《秦风·晨风》：

鴥彼晨风，郁彼北林。未见君子，忧心钦钦。

如何如何，忘我实多！

山有苞栎，隰有六驳。未见君子，忧心靡乐。

如何如何，忘我实多！

山有苞棣，隰有树檖。未见君子，忧心如醉。

如何如何，忘我实多！

晨
風

147

鹰

鹰

鹰，泛指小型至中型的白昼活动的隼形类鸟。体态雄伟，性
情凶猛，常栖息于峡谷、林地、树林等处。猛禽类肉食性动
物，会捕捉老鼠、蛇、野兔或小鸟。在我国最常见的鹰有苍鹰、
雀鹰和松雀鹰三种。出自《大雅·大明》：

牧野洋洋，檀车煌煌，驷骐彭彭。

维师尚父，时维鹰扬。

凉彼武王，肆伐大商，会朝清明。

鹰

鸱鸮

鴟

鸱鸮(chī xiāo)

鸱鸮,也作鸱鸺。一类夜行猛禽,头骨宽大,腿较短,面盘
圆形似猫,常被称为猫头鹰。吃鼠、兔、昆虫等,对农业有益。
出自《豳风·鸱鸮》:

鸱鸮鸱鸮,既取我子,无毁我室。

恩斯勤斯,鬻(yù)子之闵斯。

迨天之未阴雨,彻彼桑土,绸缪牖户。

今女下民,或敢侮予?

予手拮据,予所捋荼。予所蓄租,予口卒瘏,曰予未有室家。

予羽谯谯,予尾翛(xiāo)翛,予室翘翘。

风雨所漂摇,予维音哓哓!

鸱
鸮

鹭

鹭，即鹭鸶，又称白鹭鸶、白漂鸟、大白鹤、白鹤鹭、雪客等。群居候鸟，长嘴、长颈、长脚，羽色有白色、褐色、灰蓝色等。繁殖期会在头、胸、背等部位出现丝状饰羽。栖息于开阔平原和山地丘陵地区的河流、湖泊、水田、海滨、河口及沼泽地带，以小的鱼类、哺乳动物、爬行动物、两栖动物和浅水中的甲壳类动物为食。其羽毛有较高的欣赏价值。出自《陈风·宛丘》：

子之汤兮，宛丘之上兮。洵有情兮，而无望兮。
坎其击鼓，宛丘之下。无冬无夏，值其鹭羽。
坎其击缶，宛丘之道。无冬无夏，值其鹭翿（dào）。

鹈

鹈

鹈，即鹈鹕，又叫塘鹅。水禽，体型较大，喙下有囊。栖息于内陆湖泊、江河与沼泽，以及沿海地带等。喜欢群居。鸣声低沉而沙哑。善于飞行和游泳，也善于在陆地上行走。颈部常弯曲成"S"形，缩在肩部。以鱼类、甲壳类、软体动物、两栖动物等为食。出自《曹风·候人》：

彼候人兮，何戈与祋。彼其之子，三百赤芾。

维鹈（tí）在梁，不濡其翼。彼其之子，不称其服。

维鹈在梁，不濡其咮（zhòu）。彼其之子，不遂其媾。

荟兮蔚兮，南山朝隮（jī）。婉兮娈兮，季女斯饥。

鵙

鵙

鵙

鵙，即伯劳，又名百罗鸟、伯劳头、屠夫鸟等。
生性凶猛，有尖嘴利爪，是重要的食虫鸟类。
嗜吃小形兽类、鸟类、蜥蜴、各种昆虫以及其
他动物。大都栖息在丘陵开阔的林地。伯劳在
中国传统文化里同燕子一样，是候时之鸟。出
自《豳风·七月》：

七月流火，九月授衣。

一之日觱发，二之日栗烈。

无衣无褐，何以卒岁。

三之日于耜，四之日举趾。

同我妇子，馌彼南亩，田畯至喜。

七月流火，九月授衣。

春日载阳，有鸣仓庚。

女执懿筐，遵彼微行，爰求柔桑。

春日迟迟，采蘩祁祁。

女心伤悲，殆及公子同归。

七月流火，八月萑苇。

蚕月条桑，取彼斧斨（qiāng），以伐远扬，
猗彼女桑。七月鸣鵙，八月载绩。

载玄载黄，我朱孔阳，为公子裳。

鹳

鹳

鹳

鹳，一个大型水鸟科的通称。候鸟。羽毛灰白色或黑色，嘴长而直，形似白鹤，生活在江、湖、池沼的近旁，巢筑在高树或岩石上，捕食鱼虾等。出自《豳风·东山》：

我徂东山，慆慆不归。我来自东，零雨其濛。

我东曰归，我心西悲。制彼裳衣，勿士行枚。

蜎蜎者蠋，烝在桑野。敦彼独宿，亦在车下。

我徂东山，慆慆不归。我来自东，零雨其濛。

果臝之实，亦施于宇。伊威在室，蟏蛸在户。

町畽鹿场，熠耀宵行。不可畏也，伊可怀也。

我徂东山，慆慆不归。我来自东，零雨其濛。

鹳鸣于垤，妇叹于室。洒扫穹窒，我征聿至。

有敦瓜苦，烝在栗薪。自我不见，于今三年。

我徂东山，慆慆不归。我来自东，零雨其濛。

仓庚于飞，熠耀其羽。之子于归，皇驳其马。

亲结其缡，九十其仪。其新孔嘉，其旧如之何？

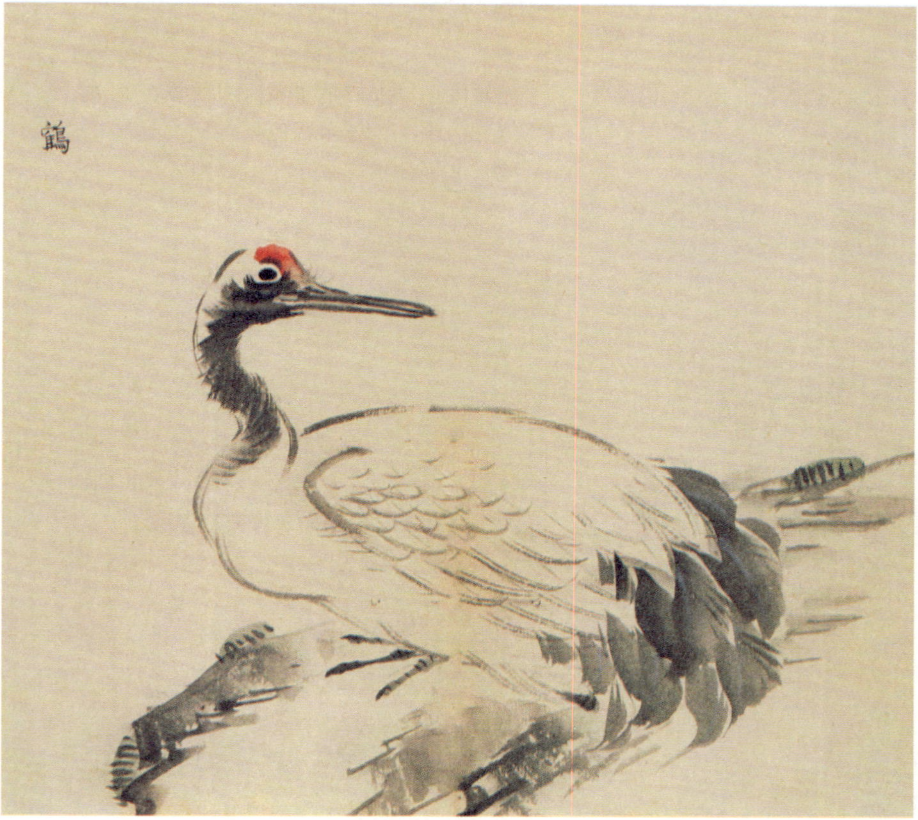
鶴

鹤

鹤，鹤科鸟类的通称。又叫仙禽，羽毛有黄、白、黑等色，高约三尺，喙长约四寸。头顶颊部及眼睛是红色，脚部色青，颈部修长，膝粗指细。叫声洪亮。主要栖息在沼泽、浅滩、芦苇塘等湿地，以捕食小鱼虾、昆虫、蛙蚧、软体动物为主，也吃植物的根茎、种子、嫩芽。善于奔驰飞翔，喜欢结群生活。休息时常单腿直立。在中国的文化中占着很重要的地位。出自《小雅·白华》：

白华菅兮，白茅束兮。

之子之远，俾我独兮。

英英白云，露彼菅茅。

天步艰难，之子不犹。

滮池北流，浸彼稻田。

啸歌伤怀，念彼硕人。

樵彼桑薪，昂烘于煁。

维彼硕人，实劳我心。

鼓钟于宫，声闻于外。

念子懆懆，视我迈迈。

有鹙在梁，有鹤在林。

维彼硕人，实劳我心。

鸳鸯在梁，戢其左翼。

之子无良，二三其德。

有扁斯石，履之卑兮。

之子之远，俾我疧兮。

脊令

脊

令

脊令

脊令，亦作"脊鸰"，即鹡鸰。是鹡鸰科各种候鸟的通称，常见种类有白鹡鸰、灰鹡鸰、黄鹡鸰等。生活于沼泽、池塘、水库、溪流、水田等处，主要吃昆虫和小鱼等。叫声婉转动听。常用来比喻兄弟友爱，急难相顾。出自《小雅·常棣》：

常棣之华，鄂不韡韡(wěi)。凡今之人，莫如兄弟。

死丧之威，兄弟孔怀。原隰裒衰(póu)矣，兄弟求矣。

脊令在原，兄弟急难。每有良朋，况也永叹。

兄弟阋(xì)于墙，外御其务。每有良朋，烝也无戎。

丧乱既平，既安且宁。虽有兄弟，不如友生。

傧尔笾豆，饮酒之饫。兄弟既具，和乐且孺。

妻子好合，如鼓瑟琴。兄弟既翕，和乐且湛。

宜尔室家，乐尔妻帑。是究是图，亶(dǎn)其然乎？

鷩

鷩

鷩，即野鸡，又名雉鸡、七彩锦鸡、山鸡等，集肉用、观赏和药用于一身的名贵野味珍禽。栖息于山麓、丘陵、农田等不同高度的开阔林地、灌丛中。善于奔走，不能久飞。叫声悦耳，就像"柯—哆—啰"或"咯—克—咯"。以浆果、种子和部分昆虫为食。羽毛别具特色，可制成羽毛扇、羽毛画、玩具等工艺品。出自《小雅·斯干》：

如跂斯翼，如矢斯棘。

如鸟斯革，如翚斯飞，君子攸跻。

鷩

桑扈
桑扈

桑扈

桑扈，即青雀，又名黄鸟、金雀、芦花黄雀等。雄鸟头顶黑色，翼斑黑黄相间；雌鸟头顶与额无黑色，下体有浅黑色斑纹。生活于山林、丘陵和平原地带，秋季和冬季多见于平原地区或山脚林带避风处。以多种植物的果实和种子及嫩芽为食，也吃农作物和蓟草、中葵、茵草等杂草种子以及少量昆虫。出自《小雅·桑扈》：

交交桑扈，有莺其羽。君子乐胥，受天之祜。

交交桑扈，有莺其领。君子乐胥，万邦之屏。

之屏之翰，百辟为宪。不戢不难，受福不那。

兕觥其觩，旨酒思柔。彼交匪敖，万福来求。

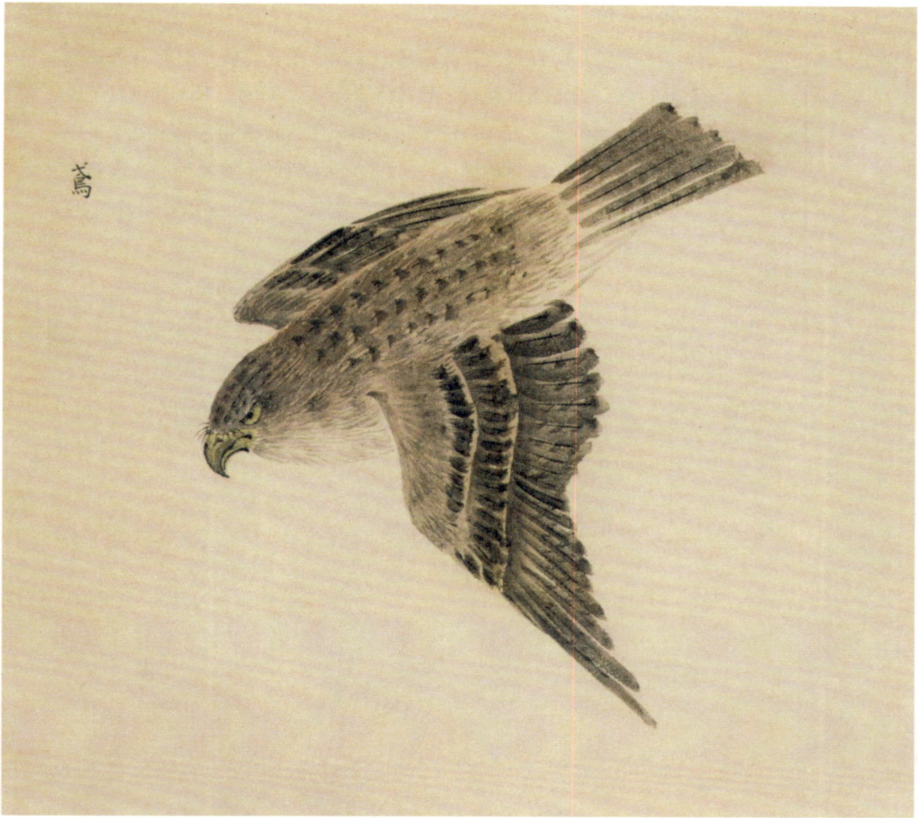
鳶

鸢

鸢，俗称老鹰。头顶及喉部白色，嘴带蓝色，体上部褐色，微带紫，两翼黑褐色，腹部淡赤，尾尖分叉，四趾都有钩爪。捕食蛇、鼠、蜥蜴、鱼等，也吃腐食烂肉。以善于在天上做优美持久的翱翔著称。出自《大雅·旱麓》：

瞻彼旱麓，榛楛（hù）济济。岂弟君子，干禄岂弟。

瑟彼玉瓒，黄流在中。岂弟君子，福禄攸降。

鸢飞戾天，鱼跃于渊。岂弟君子，遐不作人。

清酒既载，骍牡既备。以享以祀，以介景福。

瑟彼柞棫（yù），民所燎矣。岂弟君子，神所劳矣。

莫莫葛藟（léi），施于条枚。岂弟君子，求福不回。

鸳
鸯

鸳

鸯

鸳鸯

鸳鸯，又名官鸭、邓木鸟等。鸳指雄鸟，鸯指雌鸟。形似野鸭，体形较小。嘴扁，颈长，趾间有蹼，善游泳，翼长，能飞。雄性羽色绚丽，头后有铜赤、紫、绿等色羽冠，嘴红色，脚黄色。雌性体稍小，羽毛苍褐色，嘴灰黑色。一般生活在针叶和阔叶混交林及附近的溪流、沼泽、芦苇塘和湖泊等处，杂食性鸟类。经常出现在中国古代文学作品和神话传说中，永恒爱情的象征。出自《小雅·鸳鸯》：

鸳鸯于飞，毕之罗之。

君子万年，福禄宜之。

鸳鸯在梁，戢其左翼。

君子万年，宜其遐福。

乘马在厩，摧之秣之。

君子万年，福禄艾之。

乘马在厩，秣之摧之。

君子万年，福禄绥之。

鹙

鵁

鵁

鵁，即鹈鵁，一种凶猛贪残的水鸟。状似鹤而大，青苍色，长颈赤目，头颈皆无毛，好吃鱼、蛇等。出自《小雅·白华》：

白华菅兮，白茅束兮。之子之远，俾我独兮。

英英白云，露彼菅茅。天步艰难，之子不犹。

滮池北流，浸彼稻田。啸歌伤怀，念彼硕人。

樵彼桑薪，昂烘于煁。维彼硕人，实劳我心。

鼓钟于宫，声闻于外。念子懆懆，视我迈迈。

有鵁在梁，有鹤在林。维彼硕人，实劳我心。

鸳鸯在梁，戢其左翼。之子无良，二三其德。

有扁斯石，履之卑兮。之子之远，俾我疧兮。

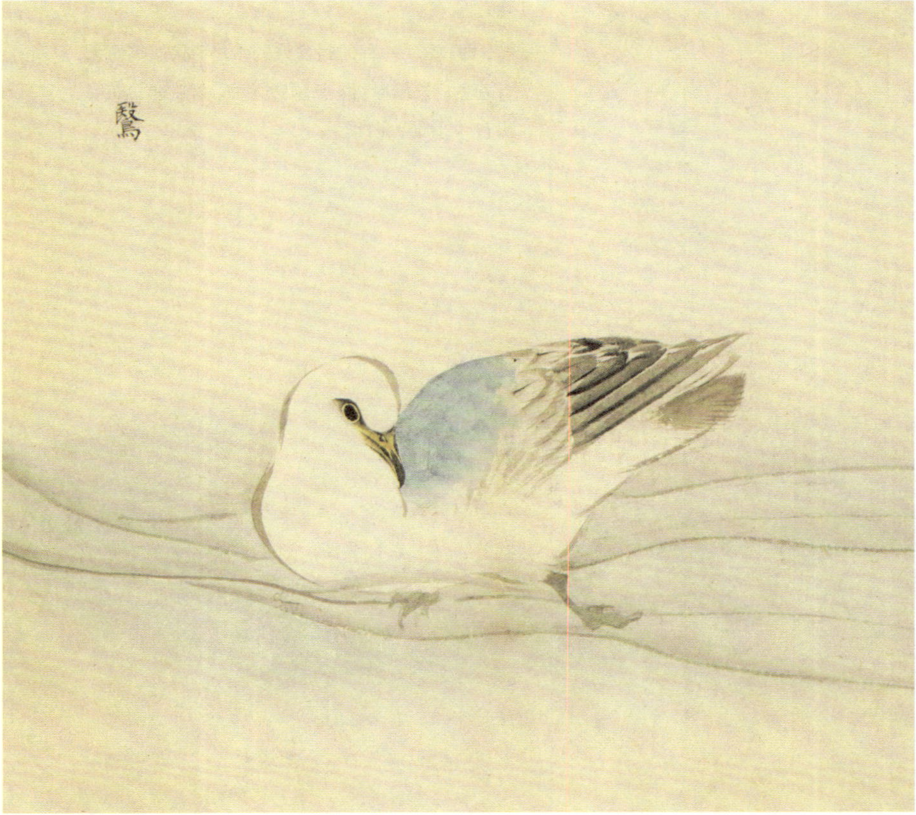
鷖

鹥

鹥

鹥，即鸥，别称江鸥、海鸥、江鹅、信凫、钓鱼郎等。形色像白鸽或小白鸡，性凶猛，长腿长嘴，脚趾间有蹼，善游水。生活在海边的称海鸥，生活在湖边或江边的称江鸥。以鱼、虾、水生昆虫、软体动物等为食。出自《大雅·凫鹥》：

凫鹥在泾，公尸来燕来宁。

尔酒既清，尔殽既馨。

公尸燕饮，福禄来成。

凫鹥在沙，公尸来燕来宜。

尔酒既多，尔殽既嘉。

公尸燕饮，福禄来为。

凫鹥在渚，公尸来燕来处。

尔酒既湑，尔肴伊脯。

公尸燕饮，福禄来下。

凫鹥在潨（cóng），公尸来燕来宗，

既燕于宗，福禄攸降。

公尸燕饮，福禄来崇。

凫鹥在亹（mén），公尸来止熏熏。

旨酒欣欣，燔炙芬芬。

公尸燕饮，无有后艰。

桃
蟲

桃虫

桃虫，即鹪鹩，又名巧妇、桃虫、蒙鸠等。是一类小型、短
胖、十分活跃的鸟。鹪鹩颜色为褐色或灰色，翅膀和尾巴有
黑色条块。它们的翅膀短而圆，尾巴短而翘。栖息于灌丛中，
鸣声清脆响亮。终年取食毒蛾、螟蛾、天牛、小蠹、象甲、
蝽象等农林害虫。出自《周颂·小毖》：

予其惩而毖后患。莫予荓蜂，自求辛螫。
肇允彼桃虫，拼飞维鸟。未堪家多难，予又集于蓼。

桃
蟲

兽部

鸟兽且有情

马

马

马，又名白驹、飞黄、骥等。食草性哺乳动物，颈上有鬃，尾生长毛，四肢强健，善跑。听觉和嗅觉敏锐。供人骑或拉东西，在人类社会发展进程中占有不可替代的地位。出自《周南·卷耳》：

采采卷耳，不盈顷筐。嗟我怀人，寘彼周行。

陟彼崔嵬，我马虺隤。我姑酌彼金罍，维以不永怀。

陟彼高冈，我马玄黄。我姑酌彼兕觥，维以不永伤。

陟彼砠矣，我马瘏矣，我仆痡矣，云何吁矣。

馬

兕

兕，上古瑞兽，状如牛，全身呈现青黑色，有独角兽那样的犄角。有人将兕与犀牛这二者混为一谈，这是错误的。《山海经·海内南经》有这样的两段记载，"兕在舜葬东，湘水南。其状如牛，苍黑，一角""兕西北有犀牛，其状如牛而黑"。出自《小雅·何草不黄》：

何草不黄？何日不行？何人不将？经营四方。

何草不玄？何人不矜（guān）？哀我征夫，独为匪民。

匪兕匪虎，率彼旷野。哀我征夫，朝夕不暇。

有芃者狐，率彼幽草。有栈之车，行彼周道。

兕

兔

兔，即兔子。哺乳类兔形属的总称。耳长，尾短，上唇中间裂开，后肢较长，有多种毛色，跑得快。多见于荒漠、草原、干草原、森林或树林，喜食草。肉可食，皮毛可用来制作衣物等，可全身入药。出自《周南·兔罝》：

肃（suō）肃兔罝，椓（zhuó）之丁丁。赳赳武夫，公侯干城。

肃肃兔罝，施于中逵。赳赳武夫，公侯好仇。

肃肃兔罝，施于中林。赳赳武夫，公侯腹心。

兔

鼠

鼠

鼠，即老鼠，俗称耗子、臭鼠、田鼠、家鼠、米耗子等。啮齿目鼠科动物的统称。体型较小，体色以灰、褐色为主，上、下颌各具有一对门齿，行动迅速。杂食性，以植物为主。出自《鄘风·相鼠》：

相鼠有皮，人而无仪！人而无仪，不死何为？
相鼠有齿，人而无止！人而无止，不死何俟？
相鼠有体，人而无礼，人而无礼！胡不遄死？

鼠

羊

羊，又称为绵羊或白羊。反刍类哺乳动物，体形较胖，身体丰满，体毛绵密。头短，一般头上有一对角。品种很多，以植物为主食。肉可食，亦可入药，是上级补品。皮毛可用来制作衣物等。羊是与上古先人生活关系最为密切的动物，与中华民族的传统文化的发展有着很深的历史渊源，影响着我国文字、饮食、道德、礼仪、美学等文化的产生和发展。出自《召南·羔羊》：

羔羊之皮，素丝五绝（tuó）。退食自公，委蛇委蛇。

羔羊之革，素丝五緎（yù）。委蛇委蛇，自公退食。

羔羊之缝，素丝五总。委蛇委蛇，退食自公。

麕

麕，同麋，即獐子，又称黄子、香獐、马獐、土麕、河麂等。
獐四肢细小发达，行动时常为窜跳式，迅速。喜食植物，主
食杂草嫩叶，多汁而嫩的植物树根、树叶等。生活在山地草
坡灌丛、草坡中，尤其喜欢河岸、湖边、湖中心草滩、海滩
芦苇或茅草丛生的环境。被认为是最原始的鹿科动物，肉可
食，皮毛可制革，骨肉等可入药。出自《召南·野有死麕》：

野有死麕，白茅包之。有女怀春，吉士诱之。

林有朴樕，野有死鹿。白茅纯束，有女如玉。

舒而脱脱兮！无感我帨兮！无使尨也吠！

鹿

鹿，鹿科动物的统称。典型的草食性动物，种类众多，腿细长，善奔跑。吃草、树皮、嫩枝和幼树苗。善游泳。肉可吃，皮可制革。鹿的全身均可入药，鹿茸、鹿胎、鹿鞭、鹿筋等无一不是珍贵的药材。出自《大雅·灵台》：

经始灵台，经之营之。庶民攻之，不日成之。

经始勿亟，庶民子来。王在灵囿，麀（yōu）鹿攸伏。

麀鹿濯濯，白鸟翯（hè）翯。王在灵沼，於牣鱼跃。

虡（jù）业维枞（cōng），贲鼓维镛。於论鼓钟，於乐辟廱（yōng）。

鹿

龙

龙

龙，指多毛的狗。狗，又称犬。种类众多，肉食性动物。由
早期人类从灰狼驯化而来，自古就是人类最忠实的朋友，与
马、牛、羊、猪、鸡并称六畜。如今是饲养率最高的宠物。
出自《召南·野有死麕》：

野有死麕，白茅包之。有女怀春，吉士诱之。

林有朴樕，野有死鹿。白茅纯束，有女如玉。

舒而脱脱兮！无感我帨兮！无使龙也吠！

龙

犯

犯(bā)

犯，母猪。猪，猪科的简称，分为家猪和野猪。杂食类哺乳动物。家猪是野猪被驯化后所形成的亚种，家畜之一。肉可食，鬃可制刷，皮可制革，粪是很好的肥料。出自《小雅·吉日》：

吉日维戊，既伯既祷。田车既好，四牡孔阜。
升彼大阜，从其群丑。
吉日庚午，既差我马。兽之所同，麀鹿麌（yǔ）麌。
漆沮之从，天子之所。
瞻彼中原，其祁孔有。儦（biāo）儦俟俟，或群或友。
悉率左右，以燕天子。
既张我弓，既挟我矢。发彼小犯，殪此大兕。
以御宾客，且以酌醴。

犯

虎

虎，即老虎，哺乳动物，毛黄褐色，有黑色条纹，性凶猛，力大。典型的山地林栖肉食动物，骨和血及内脏均可入药。中国虎文化渊远流长，虎很早就成为中国的图腾之一。出自《邶风·简兮》：

简兮简兮，方将万舞。日之方中，在前上处。

硕人俣俣，公庭万舞。有力如虎，执辔如组。

左手执籥，右手秉翟。赫如渥赭，公言锡爵！

山有榛，隰有苓。云谁之思？西方美人。

彼美人兮，西方之人兮！

虎

狐

狐

狐，即狐狸，杂食类哺乳动物。形状略像狼。一般呈赤褐、黄褐、灰褐色，耳背黑色或黑褐色，尾尖白色。栖息森林、草原、半沙漠、丘陵地带，居树洞或土穴中。性狡猾多疑。皮可做衣服。出自《卫风·有狐》：

有狐绥绥，在彼淇梁。心之忧矣，之子无裳。
有狐绥绥，在彼淇厉。心之忧矣，之子无带。
有狐绥绥，在彼淇侧。心之忧矣，之子无服。

狐

象

象

象，即大象，是目前地球陆地上最大的哺乳类动物。皮肤坚厚，长鼻，大扇耳，长而弯的象牙，喜居丛林及草原，坚定的素食者。家族群居。出自《鄘风·君子偕老》：

君子偕老，副笄（jī）六珈。

委委佗佗，如山如河，象服是宜。

子之不淑，云如之何？

玼兮玼兮，其之翟也。鬒发如云，不屑髢也。

玉之瑱也，象之揥也，扬且之皙也。

胡然而天也！胡然而帝也！

瑳兮瑳兮，其之展也。蒙彼绉絺，是绁袢（xiè pàn）也。

子之清扬，扬且之颜也。展如之人兮，邦之媛也！

牛

牛

牛，食草哺乳动物，种类众多。趾端有蹄，头上长一对角，是反刍类动物，力量很大，能耕田拉车，肉和奶可食，角、皮、骨可作器物。出自《王风·君子于役》：

君子于役，不知其期，曷至哉？

鸡栖于埘（shí），日之夕矣，羊牛下来。

君子于役，如之何勿思！

君子于役，不日不月，曷其有佸（huó）？

鸡栖于桀，日之夕矣，羊牛下括。

君子于役，苟无饥渴！

牛

狼

狼，又称野狼、豺狼、灰狼等。种类众多，栖息范围广，适应性强，山地、林区、草原、以至冰原均有狼群生存。夜间活动多，嗅觉敏锐，听觉很好。机警，多疑，善奔跑，耐力强。食肉动物，主要以鹿、羚羊、兔为食，也食用昆虫、老鼠等。出自《豳风·狼跋》：

狼跋其胡，载疐（zhì）其尾。

公孙硕肤，赤舄（xì）几几。

狼疐其尾，载跋其胡。

公孙硕肤，德音不瑕。

貉

貉

貉,别称貉子、狸、椿尾巴、毛狗等。外形像狐,体型短而肥壮,
体色乌棕。吻部白色;四肢短呈黑色;尾巴粗短。穴居河谷、
山边和田野间;昼伏夜出。杂食鱼、鼠、蛙、虾、蟹和野果、
杂草等,皮很珍贵。出自《豳风·七月》:

四月秀葽,五月鸣蜩(tiáo)。

八月其获,十月陨蘀。

一之日于貉,取彼狐狸,为公子裘。

二之日其同,载缵武功,

言私其豵(zòng),献豜(jiān)于公。

狸

狸，亦称狸子、狸猫、山猫、豹猫等。哺乳动物，体大如猫，
圆头大尾。以鸟、鼠等为食，常盗食家禽。毛皮可制裘。出
自《豳风·七月》：

四月秀葽，五月鸣蜩。

八月其获，十月陨蘀。

一之日于貉，取彼狐狸，为公子裘。

二之日其同，载缵武功，

言私其豵，献豜于公。

狸

鱼

鱼，《朱注》："兽名，似猪，东海有之，其皮背上斑文，腹下纯青。"《乡药本草》释为"海獭"。海獭，前肢短而裸露，后肢长而扁平，趾间有蹼，成鳍状，适于游泳和潜水。终生海栖，主要以贝类、鲍鱼、海胆、螃蟹等为食。出自《小雅·采薇》：

驾彼四牡，四牡骙骙。君子所依，小人所腓。
四牡翼翼，象弭鱼服。岂不日戒？玁狁孔棘！
昔我往矣，杨柳依依。今我来思，雨雪霏霏。
行道迟迟，载渴载饥。我心伤悲，莫知我哀！

熊

熊

熊，哺乳动物。体大，尾短，四肢短而粗，脚掌大，能直立
行走，也能攀树，种类很多，有棕熊、白熊、黑熊等。嗅觉
灵敏，受到挑衅或遇到危险时，容易暴怒。食性很杂，既食
青草、嫩枝芽、苔藓、浆果和坚果，也到溪边捕捉蛙、蟹和鱼，
掘食鼠类，掏取鸟卵，更喜欢舔食蚂蚁，盗取蜂蜜，甚至袭
击小型鹿、羊或觅食腐尸。出自《小雅·大东》：

东人之子，职劳不来。西人之子，粲粲衣服。
舟人之子，熊罴是裘。私人之子，百僚是试。

豺

豺，别名豺狗。大小似犬而小于狼，以山地、丘陵为其主要
的栖息地，居住在岩石缝隙、天然洞穴，或隐匿在灌木丛薮
之中。喜欢群居，听觉和嗅觉极发达，行动快速而诡秘。贪食，
残暴，常成群侵袭家畜。出自《小雅·巷伯》：

萋兮斐兮，成是贝锦。彼谮（zèn）人者，亦已大甚！

哆兮侈兮，成是南箕。彼谮人者，谁适与谋。

缉缉翩翩，谋欲谮人。慎尔言也，谓尔不信。

捷捷幡幡，谋欲谮言。岂不尔受？既其女迁。

骄人好好，劳人草草。苍天苍天，视彼骄人，矜此劳人。

彼谮人者，谁适与谋？取彼谮人，投畀豺虎。

豺虎不食，投畀有北。有北不受，投畀有昊！

杨园之道，猗于亩丘。寺人孟子，作为此诗。

凡百君子，敬而听之。

191

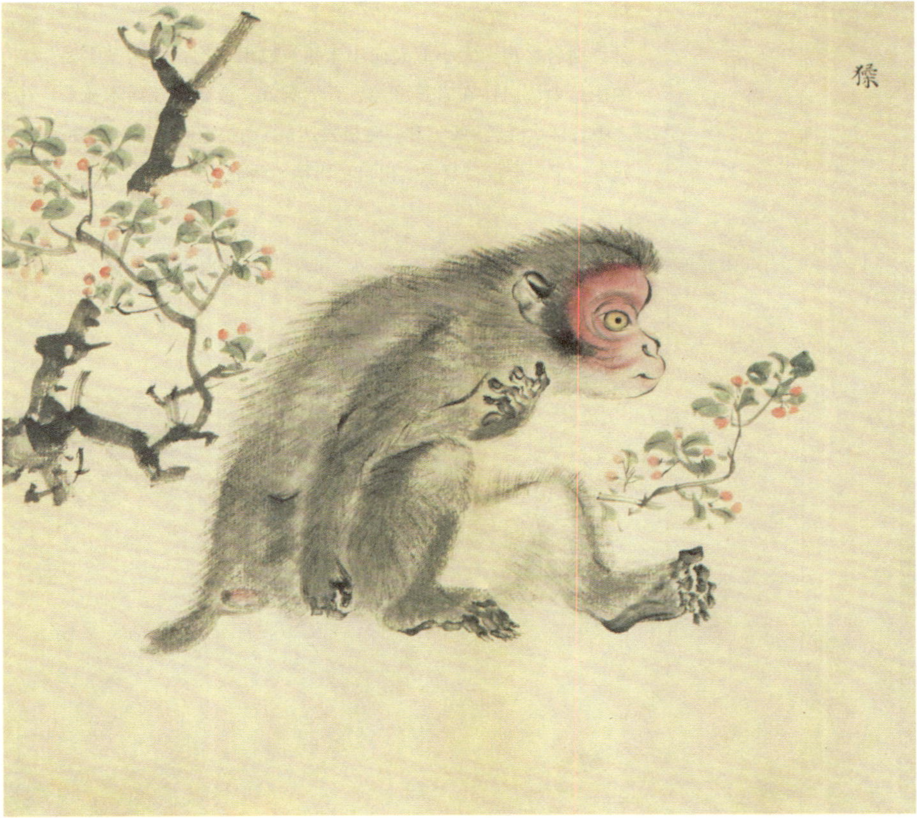
猱

猱

猱

猱，即猕猴，别名猢猴、黄猴、沐猴、恒河猴、老青猴等。典型的猕猴属动物。主要栖息在石山峭壁、溪旁沟谷和江河岸边的密林中或疏林岩山上，群居。以树叶、嫩枝、野菜等为食，也吃小鸟、鸟蛋、各种昆虫，捕食其他小动物。出自《小雅·角弓》：

骍骍角弓，翩其反矣。

兄弟昏姻，无胥远矣。

尔之远矣，民胥然矣。

尔之教矣，民胥效矣。

此令兄弟，绰绰有裕。

不令兄弟，交相为瘉。

民之无良，相怨一方。

受爵不让，至于己斯亡。

老马反为驹，不顾其后。

如食宜饫，如酌孔取。

毋教猱（náo）升木，如涂涂附。

君子有徽猷，小人与属。

雨雪瀌瀌，见晛（xiàn）曰消。

莫肯下遗，式居娄骄。

雨雪浮浮，见晛曰流。

如蛮如髦，我是用忧。

猫

猫

猫，分家猫、野猫。有黄、黑、白、灰等各种颜色；身形像狸，外貌像老虎，毛柔而齿利（也有几乎无毛的品种）。行动敏捷，善跳跃。吃鱼、鼠、兔等。样子招人喜爱。好奇心重。是全世界家庭中较为广泛的宠物。出自《大雅·韩奕》：

蹶父孔武，靡国不到。为韩姞相攸，莫如韩乐，孔乐韩土。
川泽讦讦，鲂鱮甫甫，麀鹿噳噳，有熊有罴，有猫有虎。
庆既令居，韩姞燕誉。

猫

鱼部

潭清疑水浅，荷动知鱼散

鲂

鲂，俗称三角鳊、乌鳊，平胸鳊等。喜欢栖息在底质为淤泥
或石砾，而有沉水植物和淡水壳菜的敞水区。杂食性鱼类，
以水生植物为主食，其次是淡水壳菜。出自《周南·汝坟》：

遵彼汝坟，伐其条枚。未见君子，惄（nì）如调饥。

遵彼汝坟，伐其条肆。既见君子，不我遐弃。

鲂鱼赬（chēng）尾，王室如燬。虽则如燬，父母孔迩。

鳣

鱣

鱣，即鳣鱼，别名含光、蜡鱼、黄鱼、阿八儿
忽鱼、頰鱼、玉版鱼等，生活于大的河流中，
多栖息于两江汇合、支流入口及急流的漩涡处。
捕食其他鱼类。出自《卫风·硕人》：

硕人其颀，衣锦褧（jiǒng）衣。

齐侯之子，卫侯之妻。

东宫之妹，邢侯之姨，谭公维私。

手如柔荑，肤如凝脂，领如蝤蛴（qiú qí），

齿如瓠犀，螓首蛾眉，巧笑倩兮，美目盼兮。

硕人敖敖，说于农郊。四牡有骄，朱幩镳镳。

翟茀以朝。大夫夙退，无使君劳。

河水洋洋，北流活活。

施罛（gū）濊濊，鳣（zhān）鲔（wěi）发发。

葭菼（tǎn）揭揭，庶姜孽孽，庶士有朅。

鲂

鲂，即鲢鱼，又叫白鲢、水鲢、跳鲢、鲢子等。常栖息于江河、湖泊及其附属水体中，喜生活于水的上层。食藻类等浮游生物。性急躁，善跳跃。其肉质鲜嫩，营养丰富，是较宜养殖的优良鱼种之一。出自《齐风·敝笱》：

敝笱在梁，其鱼鲂鳏。齐子归止，其从如云。
敝笱在梁，其鱼鲂鲂。齐子归止，其从如雨。
敝笱在梁，其鱼唯唯。齐子归止，其从如水。

鲤

鲤

鲤，即鲤鱼，别名鲤拐子、鲤子、毛子，红鱼等。单独或成小群地生活于平静且水草丛生的池塘、湖泊、河流中。杂食性，以食底栖动物为主。鲤鱼是我国传统的吉祥物。出自《陈风·衡门》：

衡门之下，可以栖迟。泌之洋洋，可以乐饥。

岂其食鱼，必河之鲂？岂其取妻，必齐之姜？

岂其食鱼，必河之鲤？岂其取妻，必宋之子？

鲤

鳟

鳟，即鳟鱼。鳟通常生活在较冷的淡水中，栖息于江河流速较缓的水域或湖泊。为杂食性鱼类。是一类很有价值的垂钓鱼和食用鱼。出自《豳风·九罭》：

九罭（yù）之鱼鳟鲂。我觏之子，衮衣绣裳。

鸿飞遵渚，公归无所，于女信处。

鸿飞遵陆，公归不复，于女信宿。

是以有衮衣兮，无以我公归兮，无使我心悲兮。

鲹

鲹，即黄颡鱼，俗称黄牙头，又名黄刺鱼、黄骨鱼。黄颡鱼白天栖于江河湖水的底层，夜晚则浮在水面，食性较广。生性凶猛，此鱼以肉质细嫩无软刺而著称。出自《小雅·鱼丽》：

鱼丽于罶，鲿鲨。君子有酒，旨且多。

鱼丽于罶，鲂鳢。君子有酒，多且旨。

鱼丽于罶，鰋（yǎn）鲤。君子有酒，旨且有。物其多矣，惟其嘉矣！物其旨矣，惟其偕矣！物其有矣，惟其时矣！

鱼部

鳢

鳢

鳢，即鳢鱼，俗称黑鱼、乌鱼、黑鳢等。喜栖息在泥底长有水草的浅水区。身体圆筒形，青褐色，头扁，性凶猛，捕食其他鱼类。出自《小雅·鱼丽》：

鱼丽于罶，鲿鲨。君子有酒，旨且多。
鱼丽于罶，鲂鳢。君子有酒，多且旨。
鱼丽于罶，鰋鲤。君子有酒，旨且有。物其多矣，
惟其嘉矣！物其旨矣，惟其偕矣！物其有矣，惟其时矣！

鳀

鳀

鳀，即鲇鱼，又称作胡子鲢、黏鱼、塘虱鱼、生仔鱼等。生活在江河、湖泊、水库的中下层，多栖息在水草丛生、水流缓慢的底层。白天多隐蔽，晚间则十分活跃。以小鱼、贝类、蛙等为食。出自《小雅·鱼丽》：

鱼丽于罶，鲿鲨。君子有酒，旨且多。

鱼丽于罶，鲂鳢。君子有酒，多且旨。

鱼丽于罶，鰋鲤。君子有酒，旨且有。物其多矣，

惟其嘉矣！物其旨矣，惟其偕矣！物其有矣，惟其时矣！

鳀

嘉
魚

嘉
鱼

嘉鱼

嘉鱼，是水中珍品，多产于西江德庆河段。据方志所载，嘉鱼"孟冬大雾始出，出必于湍溪高峡间。其性洁，不入浊流，常居石岩，食苔饮乳以自养"。堪称水中君子。嘉鱼腹部多膏，极其鲜美。出自《小雅·南有嘉鱼》：

南有嘉鱼，烝然罩罩。

君子有酒，嘉宾式燕以乐。

南有嘉鱼，烝然汕汕。

君子有酒，嘉宾式燕以衎。

南有樛木，甘瓠累之。

君子有酒，嘉宾式燕绥之。

翩翩者鵻，烝然来思。

君子有酒，嘉宾式燕又思。

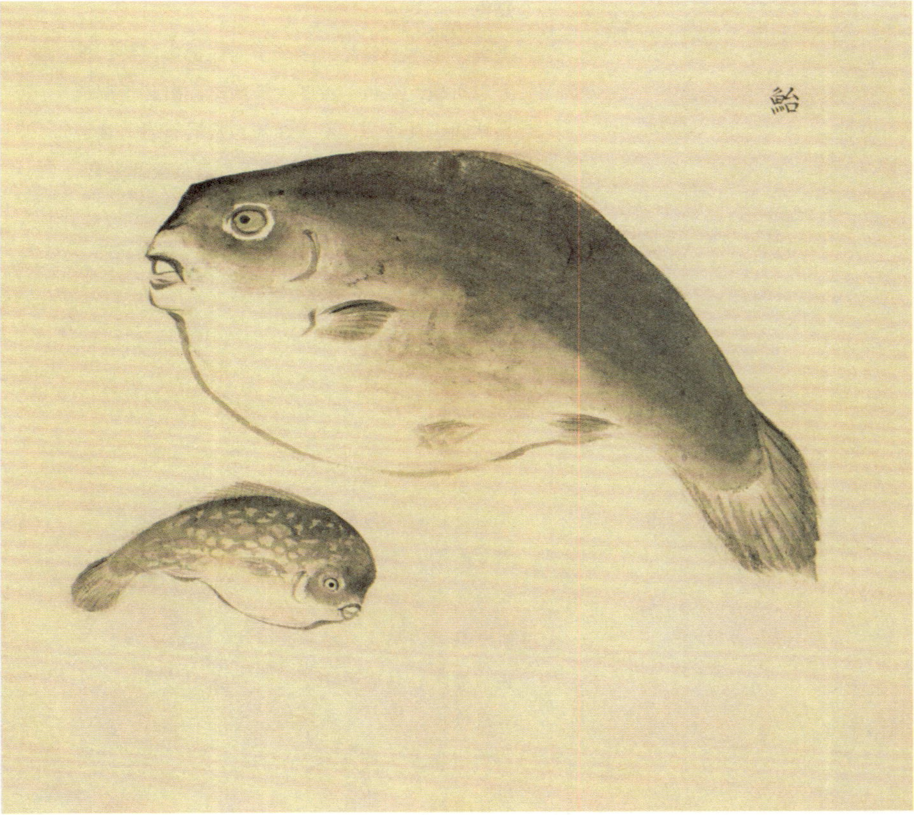
鮐

（鲐）

鲐

鲐，即鲐鱼，又名油胴鱼、鲭鱼、花池鱼、花巴、花鳁、巴浪、鲐鲅鱼等。为海洋洄游性上层鱼类，游泳力强，速度大。肉质坚实，除鲜食外还可晒制和做罐头，其肝可提炼鱼肝油。出自《大雅·行苇》：

敦（tuán）彼行苇，牛羊勿践履。

方苞方体，维叶泥泥。

戚戚兄弟，莫远具尔。

或肆之筵，或授之几。

肆筵设席，授几有缉御。

或献或酢，洗爵奠斝（jiǎ）。

醓醢（tǎn hǎi）以荐，或燔或炙。

嘉殽脾臄（jué），或歌或咢。

敦弓既坚，四鍭既钧，

舍矢既均，序宾以贤。

敦弓既句，既挟四鍭。

四鍭如树，序宾以不侮。

曾孙维主，酒醴维醹，

酌以大斗，以祈黄耇。

黄耇台背，以引以翼。

寿考维祺，以介景福。

鳖

鳖，俗称甲鱼、水鱼、团鱼、王八等。鳖是变温动物，水陆两栖，用肺呼吸。喜生活在江河、湖泊、池塘中。肉食性爬行动物，有时也吃素饵。平时以鱼虾为食，也吃底栖的软体动物和甲壳类，在岸边则猎食蚂蚁等，也捕食小蛙、蟾蜍等。出自《小雅·六月》：

吉甫燕喜，既多受祉。来归自镐，我行永久。

饮御诸友，炰鳖脍鲤。侯谁在矣？张仲孝友。

龟

龟，龟鳖目的统称。是现存最古老的爬行动物。特征为身上长有非常坚固的甲壳，大多数龟均为肉食性，以蠕虫、螺类、虾及小鱼等为食，亦食植物的茎叶。通常可以在陆上及水中生活，亦有长时间在海中生活的海龟。出自《鲁颂·泮水》：

翩彼飞鸮，集于泮林。食我桑黮，怀我好音。
憬彼淮夷，来献其琛。元龟象齿，大赂南金。

贝

贝

贝

贝，是蛤蜊、珠母、刀蚌、文蛤等有介壳软体动物的总称。种类很多，生活方式因种类而异。主要分布在海洋中，有极少部分种群生活在淡水湖泊中。出自《小雅·巷伯》：

萋兮斐兮，成是贝锦。彼谮人者，亦已大甚！

哆兮侈兮，成是南箕。彼谮人者，谁适与谋？

缉缉翩翩，谋欲谮人。慎尔言也，谓尔不信。

捷捷幡幡，谋欲谮言。岂不尔受？既其女迁。

骄人好好，劳人草草。苍天苍天，视彼骄人，

矜此劳人。彼谮人者，谁适与谋？

取彼谮人，投畀豺虎。豺虎不食，投畀有北。

有北不受，投畀有昊！杨园之道，猗于亩丘。

寺人孟子，作为此诗。凡百君子，敬而听之。

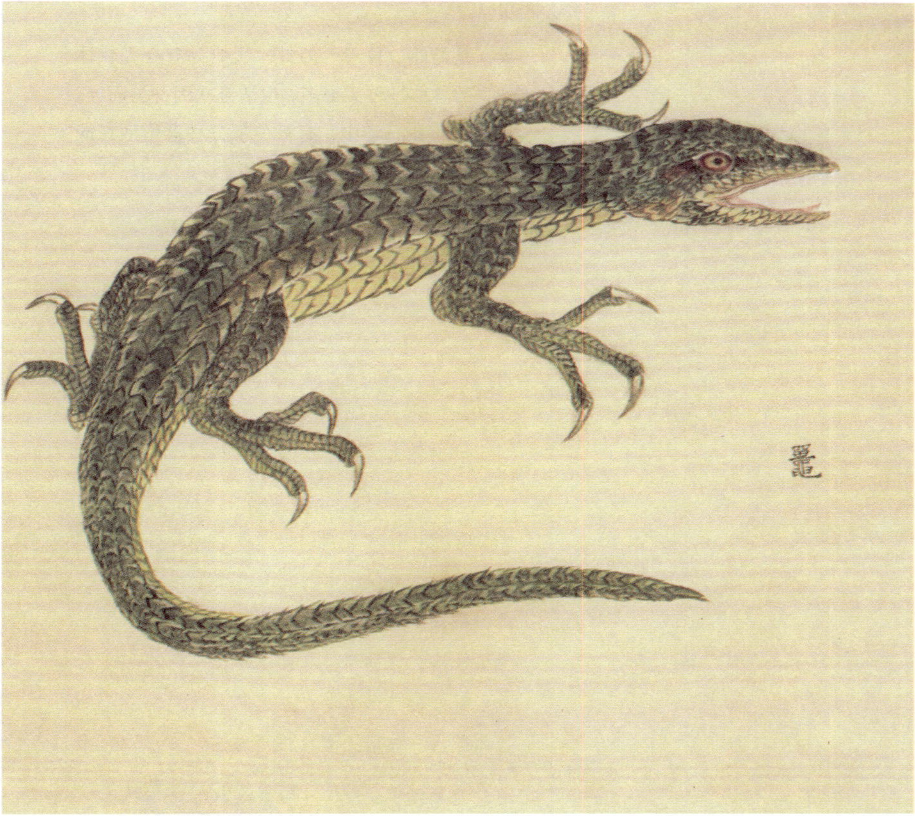
鼉

鼍

鼍 (tuó)

鼍，又名中华鳄、扬子鳄，俗名土龙、猪婆龙。是中国特有的一种鳄鱼。分布于长江中下游，白天隐居在河岸两旁洞穴中，夜间出外捕食。出自《大雅·灵台》：

经始灵台，经之营之。

庶民攻之，不日成之。

经始勿亟，庶民子来。

王在灵囿，麀鹿攸伏。

麀鹿濯濯，白鸟翯翯。

王在灵沼，於牣鱼跃。

虡业维枞，贲鼓维镛。

于论鼓钟，於乐辟廱。

于论鼓钟，於乐辟廱。

鼍鼓逢逢。矇瞍奏公。

鲦

鲦，即白条鱼，别名参鱼、白脑、雾子等。长仅数寸，状如柳叶，鳞细而白。生活于河流、湖泊中，从春至秋常喜群集于沿岸水面游泳，行动迅速。以藻类、高等植物碎屑、甲壳动物及昆虫等为食。出自《周颂·潜》：

猗与漆沮，潜有多鱼。

有鳣有鲔，鲦鲿鰋鲤。

以享以祀，以介景福。

虫部

万物更迭、周而复始

螽斯

螽斯

螽斯，或名斯螽，属直翅目昆虫科。种类众多，体型大小不一，喜食芦苇、稗草、白茅、狗牙草及蒿类植物，虾须草和海蓬子。通常为绿色或褐色。可食亦可入药。出自《周南·螽斯》：

螽斯羽，诜（shēn）诜兮。宜尔子孙，振振兮。

螽斯羽，薨（hōng）薨兮。宜尔子孙，绳（mǐn）绳兮。

螽斯羽，揖揖兮。宜尔子孙，蛰蛰兮。

草
蟲

草虫

草虫，指草螽。眼大，橙色，虫体上部褐色，下部绿色，体细长，栖息于湖或池边的草地。善鸣叫。以植物的嫩茎、叶、花和果实为食。出自《召南·草虫》：

喓喓草虫，趯趯阜螽。未见君子，忧心忡忡。

亦既见止，亦既觏止，我心则降。

陟彼南山，言采其蕨。未见君子，忧心惙惙。

亦既见止，亦既觏止，我心则说。

陟彼南山，言采其薇。未见君子，我心伤悲。

亦既见止，亦既觏止，我心则夷。

阜
螽

阜螽

阜螽，即蚱蜢，一种蝗虫。别称蚂蚱、油蚂蚱、草蜢子等。
常在田间、草丛间出没。喜欢吃肥厚的叶子。我国一直有食
用蚱蜢的历史，此外还可入药，具有止咳平喘、定惊、消积
等功效。出自《召南·草虫》：

喓喓草虫，趯趯阜螽。未见君子，忧心忡忡。

亦既见止，亦既觏止，我心则降。

陟彼南山，言采其蕨。未见君子，忧心惙惙。

亦既见止，亦既觏止，我心则说。

陟彼南山，言采其薇。未见君子，我心伤悲。

亦既见止，亦既觏止，我心则夷。

阜
螽

蝤
蛴

蝤蛴

蝤蛴，指蝎虫。天牛的幼虫，黄白色，身长足短，呈圆筒形。天牛，植食性昆虫，会危害木本植物。天牛因其力大如牛，善于在天空中飞翔，因而得天牛之名；又因它发出"咔嚓、咔嚓"之声，很像锯树之声，故又被称作"锯树郎"。出自《卫风·硕人》：

硕人其颀，衣锦褧衣。齐侯之子，卫侯之妻。

东宫之妹，邢侯之姨，谭公维私。

手如柔荑，肤如凝脂，领如蝤蛴，齿如瓠犀，

螓首蛾眉，巧笑倩兮，美目盼兮。

硕人敖敖，说于农郊。四牡有骄，朱帻镳镳。

翟茀以朝。大夫夙退，无使君劳。

河水洋洋，北流活活。施罛濊濊，鳣鲔发发。

葭菼揭揭，庶姜孽孽，庶士有朅。

蝵

蝵，蝉的一种。又称知了、知了猴、爬杈、知拇吖、哗蝉、海咦等。雄蝉腹部有发音器，能连续不断发出尖锐的声音。雌蝉不发声，但腹部有发音器。幼虫生活在地下吸食植物的根，成虫吃植物的汁液。出自《卫风·硕人》：

硕人其颀，衣锦褧衣。齐侯之子，卫侯之妻。

东宫之妹，邢侯之姨，谭公维私。

手如柔荑，肤如凝脂，领如蝤蛴，齿如瓠犀，

蝵首蛾眉，巧笑倩兮，美目盼兮。

硕人敖敖，说于农郊。四牡有骄，朱幩镳镳。

翟茀以朝。大夫夙退，无使君劳。

河水洋洋，北流活活。施罛濊濊，鳣鲔发发。

葭菼揭揭，庶姜孽孽，庶士有朅。

蛾

蛾，又称蛾子。蝴蝶相似，体肥大，触角细长如丝，翅面灰白，静止时，翅左右平放。种类众多，幼虫以植物的叶子为食物，成虫吮吸树汁、花蜜等。常在夜间活动，有趋光性。故此中国有"飞蛾扑火"之说。出自《卫风·硕人》：

硕人其颀，衣锦褧衣。齐侯之子，卫侯之妻。

东宫之妹，邢侯之姨，谭公维私。

手如柔荑，肤如凝脂，领如蝤蛴，齿如瓠犀，

螓首蛾眉，巧笑倩兮，美目盼兮。

硕人敖敖，说于农郊。四牡有骄，朱幩镳镳。

翟茀以朝。大夫夙退，无使君劳。

河水洋洋，北流活活。施罛濊濊，鳣鲔发发。

葭菼揭揭，庶姜孽孽，庶士有朅。

蛾

苍
蝇

苍蝇

苍蝇，即家蝇。种类众多，能传染多种疾病。苍蝇的食性取决于其种类。白昼活动频繁，具有明显的趋光性。夜间则静止栖息。活动、栖息场所，取决于蝇种、季节、温度和地域。

出自《齐风·鸡鸣》：

鸡既鸣矣，朝既盈矣。匪鸡则鸣，苍蝇之声。

东方明矣，朝既昌矣。匪东方则明，月出之光。

虫飞薨薨，甘与子同梦。会且归矣，无庶予子憎。

苍
蝇

蟋蟀

蟋蟀

蟋蟀，亦称促织，俗名蛐蛐、夜鸣虫、将军虫、秋虫、斗鸡等。是一种古老的昆虫，多为黄褐色至黑褐色，或为绿色、黄色等。栖息在土壤稍为湿润的山坡、田野、乱石堆和草丛之中，善鸣叫，杂食性，吃各种作物、树苗、菜果等。出自《唐风·蟋蟀》：

蟋蟀在堂，岁聿其莫。今我不乐，日月其除。
无已大康，职思其居。好乐无荒，良士瞿瞿。
蟋蟀在堂，岁聿其逝。今我不乐，日月其迈。
无已大康，职思其外。好乐无荒，良士蹶蹶。
蟋蟀在堂，役车其休。今我不乐，日月其慆。
无以大康，职思其忧。好乐无荒，良士休休。

蟋蟀

蜉

蝣

蜉蝣

蜉蝣，亦作"蜉蝤"。具有古老而特殊的形状，是最原始的有翅昆虫。生活在淡水湖或溪流中。稚虫水生，成虫不取食，寿命很短，最短仅一天而已，所以有"朝生暮死"的说法。出自《曹风·蜉蝣》：

蜉蝣之羽，衣裳楚楚。心之忧矣，于我归处。

蜉蝣之翼，采采衣服。心之忧矣，于我归息。

蜉蝣掘阅，麻衣如雪。心之忧矣，于我归说。

蜉

蝣

蜩

蜩

蜩，即蝉，又称知了，其种类较多。其中体大而黑者叫黑蚱
蝉，又称鸣蝉、秋蝉等。雄虫体长而宽大，雌虫稍短；黑色，
有光泽。头部横宽，中央向下凹陷，颜面顶端及侧缘淡黄褐
色。成虫多栖于柳、枫、杨及苹果、梨、桃、杏等阔叶树木上。
出自《小雅·小弁（pán）》：

菀彼柳斯，鸣蜩嘒嘒，有漼者渊，萑苇淠（pèi）淠。
譬彼舟流，不知所届，心之忧矣，不遑假寐。

莎鸡

莎鸡，又名络纬。俗称纺织娘、络丝娘。中型斯螽，体色多样；植食性，喜食南瓜、丝瓜的花瓣，也吃桑叶、柿树叶、核桃树叶、杨树叶等。白天静伏在瓜藤的茎、叶之间，晚摄食、鸣叫，声音似"沙沙"或"轧织、轧织"。出自《豳风·七月》：

五月斯螽动股，六月莎鸡振羽，七月在野，八月在宇，九月在户，十月蟋蟀入我床下。穹窒熏鼠，塞向墐户。嗟我妇子，曰为改岁，入此室处。

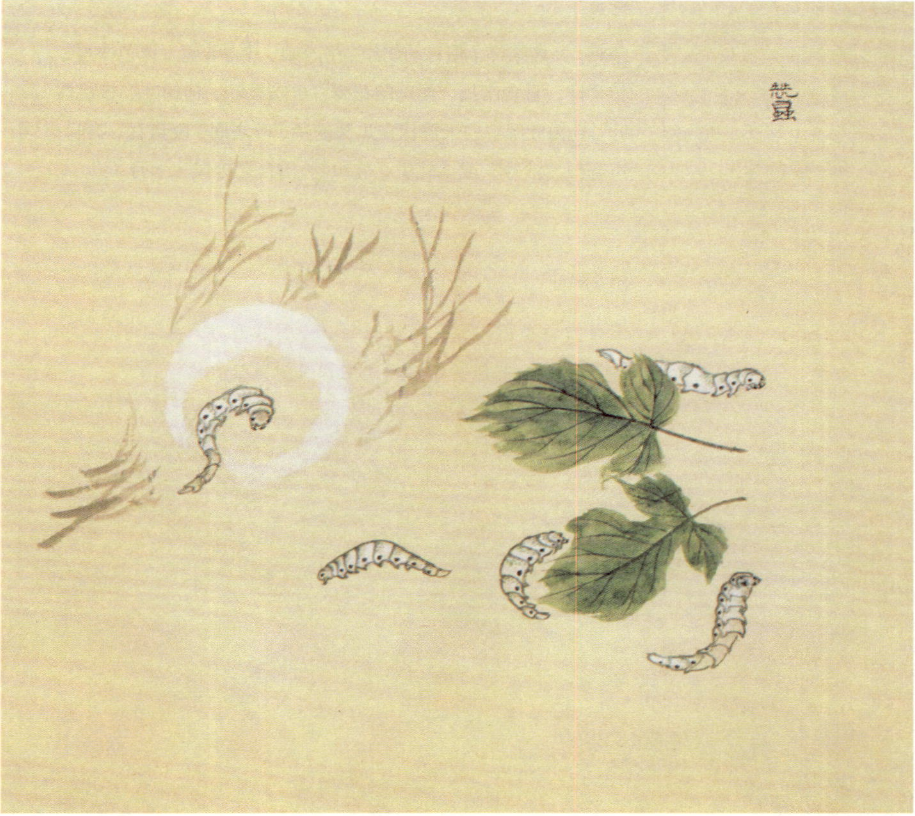

篆蚕

蚕

蚕，即家蚕，俗称之蚕宝宝或娘仔。寡食性昆虫，除喜食桑叶外，也能吃生菜叶、柘叶、楮叶、榆叶、鸭葱、蒲公英和莴苣叶等，桑叶是蚕最适合的天然食料。原产中国，是以桑叶为食料的吐丝结茧的经济昆虫之一，丝绸的主要原料来源，在人类经济生活及文化历史上占有重要地位。出自《豳风·七月》：

七月流火，九月授衣。

一之日觱发，二之日栗烈。

无衣无褐，何以卒岁。

三之日于耜，四之日举趾。

同我妇子，馌彼南亩，田畯至喜。

七月流火，九月授衣。

春日载阳，有鸣仓庚。

女执懿筐，遵彼微行，爰求柔桑。

春日迟迟，采蘩祁祁。

女心伤悲，殆及公子同归。

七月流火，八月萑苇。

蚕月条桑，取彼斧斨，以伐远扬，猗彼女桑。

七月鸣鵙，八月载绩。

载玄载黄，我朱孔阳，为公子裳。

蜎

蠋

蠋，即毛虫。蝴蝶或蛾子的伸长状幼虫。色青，形似蚕，大如手指。出自《豳风·东山》：

我徂东山，慆慆不归。我来自东，零雨其濛。

我东曰归，我心西悲。制彼裳衣，勿士行枚。

蜎蜎者蠋，烝在桑野。敦彼独宿，亦在车下。

我徂东山，慆慆不归。我来自东，零雨其濛。

果臝之实，亦施于宇。伊威在室，蟏蛸在户。

町畽鹿场，熠耀宵行。不可畏也，伊可怀也。

我徂东山，慆慆不归。我来自东，零雨其濛。

鹳鸣于垤（dié），妇叹于室。洒扫穹窒，我征聿至。

有敦瓜苦，烝在栗薪。自我不见，于今三年。

我徂东山，慆慆不归。我来自东，零雨其濛。

仓庚于飞，熠耀其羽。之子于归，皇驳其马。

亲结其缡，九十其仪。其新孔嘉，其旧如之何？

伊威

伊威

伊威

伊威，即鼠妇，俗称土虱、潮虫、西瓜虫、团子虫、地虱婆等。种类很多，体形扁平、较长，前后两端尖，不光滑有疣突，色较浅，灰色有花纹，尾足长于尾节，明显突出于后端。对光敏感，一般栖息于朽木、腐叶、石块等下面，是草食的陆栖类群。出自《豳风·东山》：

我徂东山，慆慆不归。我来自东，零雨其濛。
我东曰归，我心西悲。制彼裳衣，勿士行枚。
蜎蜎者蠋，烝在桑野。敦彼独宿，亦在车下。
我徂东山，慆慆不归。我来自东，零雨其濛。
果蠃之实，亦施于宇。伊威在室，蟏蛸在户。
町畽鹿场，熠耀宵行。不可畏也，伊可怀也。
我徂东山，慆慆不归。我来自东，零雨其濛。
鹳鸣于垤，妇叹于室。洒扫穹窒，我征聿至。
有敦瓜苦，烝在栗薪。自我不见，于今三年。
我徂东山，慆慆不归。我来自东，零雨其濛。
仓庚于飞，熠耀其羽。之子于归，皇驳其马。
亲结其缡，九十其仪。其新孔嘉，其旧如之何？

蠨蛸

蟏蛸

蟏蛸，即蟢子，也作喜子。一种蜘蛛。身体细长，暗褐色，脚很长。多在室内墙壁间结网。民间认为是喜庆的预兆。出自《豳风·东山》：

我徂东山，慆慆不归。我来自东，零雨其濛。
我东曰归，我心西悲。制彼裳衣，勿士行枚。
蜎蜎者蠋，烝在桑野。敦彼独宿，亦在车下。
我徂东山，慆慆不归。我来自东，零雨其濛。
果臝之实，亦施于宇。伊威在室，蟏蛸在户。
町畽鹿场，熠耀宵行。不可畏也，伊可怀也。
我徂东山，慆慆不归。我来自东，零雨其濛。
鹳鸣于垤，妇叹于室。洒扫穹窒，我征聿至。
有敦瓜苦，烝在栗薪。自我不见，于今三年。
我徂东山，慆慆不归。我来自东，零雨其濛。
仓庚于飞，熠耀其羽。之子于归，皇驳其马。
亲结其缡，九十其仪。其新孔嘉，其旧如之何？

宵行

宵
行

宵行

宵行，即萤火虫，又名夜光、景天、如熠燿、
夜照、流萤、宵烛、耀夜等。种类众多，依其
生活环境区分为陆栖和水栖两个大类。水栖萤
火虫的幼虫吃螺类，贝类和水中的小动物，而
陆栖的萤火虫幼虫则以蜗牛、蛤蝠为食物。多
在夜间活动，生命周期约为一年。出自《豳风·
东山》：

我徂东山，慆慆不归。我来自东，零雨其濛。
我东曰归，我心西悲。制彼裳衣，勿士行枚。
蜎蜎者蠋，烝在桑野。敦彼独宿，亦在车下。
我徂东山，慆慆不归。我来自东，零雨其濛。
果臝之实，亦施于宇。伊威在室，蟏蛸在户。
町畽鹿场，熠燿宵行。不可畏也，伊可怀也。
我徂东山，慆慆不归。我来自东，零雨其濛。
鹳鸣于垤，妇叹于室。洒扫穹窒，我征聿至。
有敦瓜苦，烝在栗薪。自我不见，于今三年。
我徂东山，慆慆不归。我来自东，零雨其濛。
仓庚于飞，熠燿其羽。之子于归，皇驳其马。
亲结其缡，九十其仪。其新孔嘉，其旧如之何？

虺

虺，俗称土虺蛇、土骨蛇、土脚蛇、七寸子等。蝮蛇的一种。
多见于坟堆、草丛、稻田、耕地、沟渠、路边、村舍附近。
以鸟、鼠、蜥蜴、蛙、泥鳅、黄鳝或其他鱼类为食。有剧毒。
古人注释虺为古代中国传说中的一种毒蛇，常在水中。南朝
《述异记》云："虺五百年化为蛟，蛟千年化为龙，龙五百年
为角龙，千年为应龙。"出自《小雅·正月》：

谓天盖高，不敢不局。谓地盖厚，不敢不蹐。
维号斯言，有伦有脊。哀今之人，胡为虺蜴？

蜴

蜴，即蜥蜴，俗称四脚蛇、蛇舅母等。冷血爬虫类，其种类繁多，生活环境多样，主要是陆栖，也有树栖、半水栖和土中穴居。多数以昆虫为食，也有少数种类兼食植物。出自《小雅·正月》：

谓天盖高，不敢不局。谓地盖厚，不敢不蹐。
维号斯言，有伦有脊。哀今之人，胡为虺蜴？

蜴

螺蠃

螺蠃

螺蠃

螺蠃，又名土蜂、蠮螉、蒲卢、细腰蜂等。是寄生蜂的一种。其巢多筑于树枝、树干、石上、地上及建筑物等处。主要食物是稻螟蛉、稻纵卷叶螟、玉米螟、棉红铃虫、棉铃虫等多种鳞翅目的幼虫。古人误以为收养幼虫。出自《小雅·小宛》：

宛彼鸣鸠，翰飞戾天。

我心忧伤，念昔先人。

明发不寐，有怀二人。

人之齐圣，饮酒温克。

彼昏不知，壹醉日富。

各敬尔仪，天命不又。

中原有菽，庶民采之。

螟蛉有子，螺蠃负之。

教诲尔子，式毂似之。

题彼脊令，载飞载鸣。

我日斯迈，而月斯征。

夙兴夜寐，毋忝尔所生。

交交桑扈，率场啄粟。

哀我填寡，宜岸宜狱。

握粟出卜，自何能毂？

温温恭人，如集于木。

惴惴小心，如临于谷。

战战兢兢，如履薄冰。

蛾

蜮

蜮

蜮，古代中国神话传说中的害人虫，又名短狐、水狐、水弩、射工。形状像鳖，有三只脚，含沙射人影能致人生病或死亡。现实中未见。出自《小雅·何人斯》：

彼何人斯？其心孔艰。胡逝我梁，不入我门？
伊谁云从？维暴之云。二人从行，谁为此祸？
胡逝我梁，不入唁我？始者不如今，云不我可。
彼何人斯？胡逝我陈？我闻其声，不见其身。
不愧于人？不畏于天？彼何人斯？其为飘风。
胡不自北？胡不自南？胡逝我梁？祇搅我心。
尔之安行，亦不遑舍。尔之亟行，遑脂尔车。
壹者之来，云何其盱。尔还而入，我心易也。
还而不入，否难知也。壹者之来，俾我祇也。
伯氏吹埙，仲氏吹篪。及尔如贯，谅不我知，
出此三物，以诅尔斯。为鬼为蜮，则不可得。
有靦面目，视人罔极。作此好歌，以极反侧。

滕

螟

蟊

贼

螟

螟，螟蛾的幼虫，有许多种，如三化螟、玉米螟等。主要生活在稻茎中，吃其髓部，危害很大。

螣

螣，吃禾叶的青虫，应为蝗虫一类。

蟊

蟊，吃禾根的虫。毛亨传：食心曰螟，食叶曰螣，食根曰蟊，食节曰贼。出自《小雅·大田》：

大田多稼，既种既戒，既备乃事。

以我覃耜，俶载南亩。

播厥百谷，既庭且硕，曾孙是若。

既方既皂，既坚既好，不稂不莠。

去其螟螣，及其蟊贼，无害我田稚。

田祖有神，秉畀炎火。

有渰（yǎn）萋萋，兴雨祈祈。

雨我公田，遂及我私。

彼有不获稚，此有不敛穧（jì），

彼有遗秉，此有滞穗，伊寡妇之利。

曾孙来止，以其妇子。

馌（yè）彼南亩，田畯至喜。

来方禋（yīn）祀，以其骍黑，与其黍稷。

以享以祀，以介景福。

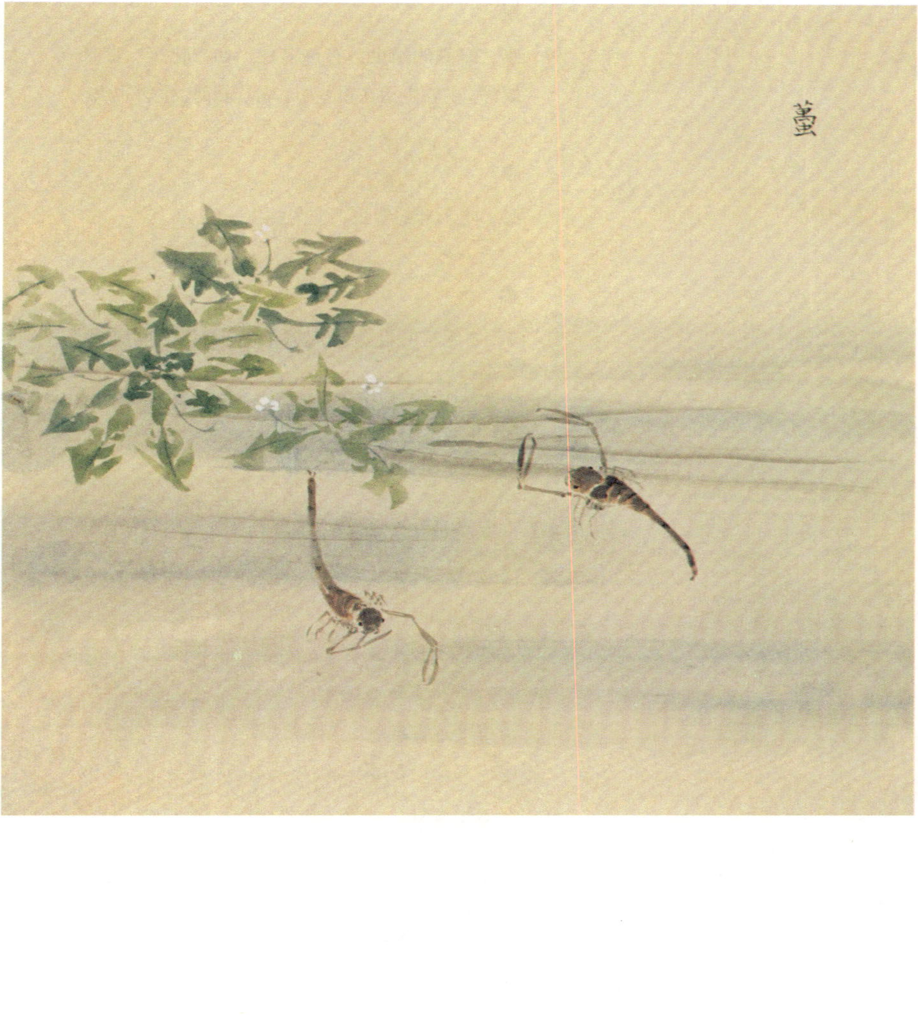
蠆

虿

虿，俗称蝎子，也称全蝎，全虫子等。种类繁多。属野生爬虫类，常寄居山坡，墙缝，土穴等潮湿阴凉处。夜行性，主要以昆虫及蜘蛛为食。可入药，有镇痉、止痛、解毒等功能。出自《小雅·都人士》：

彼都人士，狐裘黄黄。

其容不改，出言有章。

行归于周，万民所望。

彼都人士，台笠缁撮。

彼君子女，绸直如发。

我不见兮，我心不说。

彼都人士，充耳琇实。

彼君子女，谓之尹吉。

我不见兮，我心苑结。

彼都人士，垂带而厉。

彼君子女，卷发如虿（chài）。

我不见兮，言从之迈。

匪伊垂之，带则有余。

匪伊卷之，发则有旟（yú）。

我不见兮，云何盱矣。

蜂

蜂，昆虫，会飞，多有毒刺，能蜇人。有蜜蜂、熊蜂、胡蜂、细腰蜂等多种，多成群住在一起。以花为生，包括花粉及花蜜。出自《周颂·小毖》：

予其惩而毖后患。莫予荓（píng）蜂，自求辛螫（shì）。肇允彼桃虫，拼飞维鸟。未堪家多难，予又集于蓼。

说明 :《诗经》是中国最早的一部诗歌总集，最早收录的诗距今已有三千多年的历史。《诗经》中大量的生僻字让很多想读她的人望而却步，为了读者阅读的方便与舒适，我们将文内的生僻字加注音统一附在文末。读者根据诗词的出处和对应页码可以快速查询。对于前文已经出现过的生僻字，后面将不再进行二次注音。限于读者专业背景各不相同，对于生僻字的理解也因人而异，注音有不周之处，望理解。

适（dí）

杲（gǎo）

谖（xuān）

瘣（mèi）

《大雅·公刘》/017

埸（yì）

餱（hóu）

橐（tuó）

嶦（yǎn）

鞞琫（bǐng běng）

隰（xí）

豳（bīn）

鞫（jū）

《邶风·谷风》/018

邶（bèi）

黾（mǐn）

畿（jī）

《邶风·谷风》/019

湜（shí）

笱（gǒu）

《邶风·谷风》/021

旃（zhān）

《鄘风·桑中》/023

弋（yì）

《鄘风·载驰》/023

唁（yàn）

閟（bì）

蝱（méng）

芃（péng）

《卫风·淇奥》/025

奥（yù）

僴（xiàn）

咺（xuān）

弁（biàn）

箦（zé）

《卫风·芄兰》/029

觿（xī）

韘（shè）

《王风·中谷有蓷》/033

蓷（tuī）

暵（hàn）

仳（pǐ）

脩（xiū）

《陈风·泽陂》/039

陂（bēi）

蕳（jiān）

悁（yuān）

菡萏（hàn dàn）

《郑风·出其东门》/039

綦（qí）

闉闍（yīn dū）

荼（lú）

《郑风·溱洧》/041

溱（zhēn）

洧（wěi）

洵讦（xún xū）

《小雅·大田》/042

罩耜（yǎn sì）

俶（chù）

稂（láng）

莠（yǒu）

螟螣（míng tè）

蟊（máo）

畀（bì）

《唐风·鸨羽》/043

鸨（bǎo）

盬（gǔ）

薮（yì）

《陈风·东门之枌》/046

枌（fén）

穀（gǔ）

榝（zōng）

荍（qiáo）

《陈风·防有鹊巢》/050

邛（qióng）

侜（zhōu）

鹝（yì）

《小雅·鱼藻》/051

颁（fén）

《曹风·下泉》/052

蓍（shī）

郇（xún）

《豳风·七月》/053

薁（yù）

剥（pū）

苴（jū）

樗（chū）

《唐风·葛生》/055

蔹（liǎn）

粲（càn）

《豳风·东山》/056

慆（tāo）

蜎（yuān）

蠋（zhú）

蠃（luǒ）

蠨蛸（xiāo shāo）

町畽（tuǎn）

《小雅·鹿鸣》/057

苹（tiāo）

湛（dān）

《小雅·南山有台》/060

栲（kǎo）

杻（niǔ）

檵（yì）

枸（jǔ）

楰（yú）

耇（gǒu）

《小雅·菁菁者莪》/062

莪（é）

《小雅·我行其野》/063

蒂（fèi）

蓫（chú）

葍（fú）

衹（zhǐ）

《小雅·斯干》/065

哙（kuài）

哕（huì）

莞（guān）

簟（diàn）

罴（pí）

虺（huǐ）

《周颂·良耜》/066

畟（cè）

饟（xiǎng）

镈（bó）

薅（hāo）

柣（zhì）

稐（rǔn）

捄（qíu）

《小雅·蓼莪》/067

劬（qú）

瘁（cuì）

怙（hù）

《小雅·頍弁》/069

頍（kuǐ）

茑（niǎo）

霰（xiàn）

《鲁颂·泮水》/070

旂（qí）

茷（pèi）

《小雅·采绿》/071

匊（jū）

襜（chān）

韔（chàng）

鲂鱮（fáng xù）

《小雅·苕之华》/072

牂（zāng）

罶（liǔ）

《大雅·绵》/073

肬（wǔ）

《大雅·生民》/074

嶷（yí）

旆（pèi）

穟（suì）

幪（méng）

瓞（dié）

唪（fěng）

《大雅·韩奕》/075

炰（páo）

蔌（sù）

乘（shèng）

笾（biān）

《周颂·丰年》/077

稌（tú）

廪（lǐn）

秭（zǐ）

醴（lǐ）

烝（zhēng）

妣（bǐ）

《周南·桃夭》/081

蕡（fén）

蓁（zhēn）

《唐风·绸缪》/082

绸缪（chóu móu）

刍（chú）

《召南·甘棠》/083

茇（bá）

《召南·摽有梅》/084

摽（biào）

迨（dài）

墍（jì）

《召南·野有死麕》/085

麕（jūn）

楸（sù）

帨（shuì）

尨（máng）

《召南·何彼秾矣》/086

秾（nóng）

棣（dì）

曷（hé）

缗（mín）

《邶风·简兮》/090

俣（yǔ）

辔（pèi）

龠（yuè）

翟（dí）

赭（zhě）

《鄘风·定之方中》/093

揆（kuí）

騋（lái）

牝（pìn）

《卫风·竹竿》/097

籊（tì）

瑳（cuō）

傩（nuó）

滺（yōu）

《小雅·鹤鸣》/102

萚（tuò）

渚（zhǔ）

《陈风·东门之杨》/111

晢（zhé）

《秦风·终南》/112

黻（fú）

《秦风·晨风》/113

𩪡（yù）

橩（suí）

《小雅·车舝》/123

舝（xiá）

鸰（jiāo）

射（yì）

湑（xǔ）

騑（fēi）

《大雅·皇矣》/124

菑（zī）

翳（yì）

栵（lì）

柽（chēng）

檿（yǎn）

柘（zhè）

《大雅·卷阿》/126

翙（huì）

菶（běng）

雝（yōng）

《小雅·南有嘉鱼》/134

衎（kàn）

樛（jiū）

瓠（hù）

雅（zhuī）

《小雅·小宛》/135

螟蛉（míng líng）

蜾蠃（guǒ luǒ）

忝（tiǎn）

257

《召南·行露》/136
厌浥（yì yì）

《邶风·燕燕》/137
差池（cī chí）
颉（xié）
颃（háng）
勖（xù）

《邶风·雄雉》/138
泄（yì）
忮（zhì）

《小雅·鸿雁》/140
鳏（guān）

《邶风·旄丘》/141
旄（máo）
褎（yòu）

《邶风·北风》/142
雱（páng）
且（jū）

《鄘风·鹑之奔奔》/143
彊（qiáng）

《郑风·风雨》/144
瘳（chōu）

《秦风·晨风》/147
鹯（zhān）

《豳风·鸱鸮》/149
鸱鸮（chī xiāo）
鬻（yù）
翛（xiāo）

《陈风·宛丘》/150
翿（dào）

《曹风·候人》/151
鹈（tí）
咮（zhòu）
隮（jī）

《小雅·常棣》/159
韡（wěi）
裒（póu）
阋（xì）
亶（dǎn）

《大雅·旱麓》/163
楛（hù）

械（yù）
蠡（léi）

《大雅·凫鹥》/169
潨（cóng）
亹（mén）

《小雅·何草不黄》/174
矜（guān）

《周南·兔罝》/175
肃（suō）
椓（zhuó）

《召南·羔羊》/177
紽（tuó）
緎（yù）

《大雅·灵台》/179
麀（yōu）
翯（hè）
虡（jù）
枞（cōng）
廱（yōng）
鼍（tuó）

绘者简介

（日）细井徇

号东阳，著有《四诊备要》等。细井氏有鉴于时地之异、古今之异，《诗经》名物多所难辨，孔子所云多识草木鸟兽鱼虫之名的目的难以达到，而前人所作多有不足，乃与京都一带画工商议共同编撰，由细井徇亲自审定，"加以着色，辨之色相，令童蒙易辨识焉"，遂成此书。

想 象 之 外　　品 质 文 字

万物有灵：《诗经》里的草木鸟兽鱼虫

策　　划 ｜ 领读文化　　　　　　执行编辑 ｜ 领读 _ 屈美佳

责任编辑 ｜ 孟繁强　　　　　　　版式设计 ｜ 领读 _ 蒙海星

封面设计 ｜ 领读 _ 刘俊

更多品质好书关注：

官方微博 @ 领读文化　官方微信 ｜ 领读文化